1. Auflage 2013
Autorin: Vera Anders

Ausführliche Informationen über unsere Autoren
und Bücher finden Sie auf unserer Website:
www.bluestar-verlag.de

Umschlaggestaltung: Anette Aretz
Satz: Christian Cormann
Lektorat: Janine Biermann
Druck + Bindung: Druckerei Finidr, s.r.o.,
Český Těšín

ISBN: 978-3-981-2264-9-2

Dancing Queen a. D.

Vera Anders

Für Ulrich,
den Mann meines Herzens,
der Markus oft so ähnlich ist.

Prolog

Tellergroße Hände kneten meinen Rücken. Meine Nase vergräbt sich in die Kuhle einer Massagebank deluxe und ich bin bis auf ein Handtuch Typ Gästebad nackt. Neben mir liegt meine Freundin Sabine auf einer zweiten Liege. Ihr Körper bebt unter den Händen eines muskulösen Mannes. Madam hat gerade einen Lachkrampf und erstickt fast. Wer von uns hatte eigentlich die Idee mit dieser Synchronmassage?

In leichtem Kontrast zu uns passen die beiden Herren perfekt in diese pfirsichfarbene Oase der Schönheit. Während sich die Handkanten auf meiner Wirbelsäule nun abwechselnd und kräftig in Richtung Füße bewegen und mir die mangelnde Festigkeit meines Bindegewebes ins Bewusstsein klopfen, schießt mir die Textzeile eines alten Knef-Songs durch den Kopf: »Von nun an ging's bergab.«

Komisch, ich habe bisher nie ernsthaft über mein Alter nachgedacht, auch wenn ich wahrscheinlich schon seit ein paar Tagen nicht mehr wie dreißig aussehe.

Der Masseur beschäftigt sich gerade mit meinen Unterschenkeln. »Gut so?«
Ich brumme zustimmend und denke: Nee, nix ist gut.
Aus dem Augenwinkel sehe ich zu Sabine rüber. Sie blitzt mich an und amüsiert sich offensichtlich bestens. Ich grinse ein bisschen schief zurück.

»Haben Sie noch Wünsche?«, fragt der Masseur mit Blick auf die Uhr.

»Nein, danke«, sage ich. Keinen, den du mir erfüllen könntest, Adonis.

Als wir ein paar Minuten später in unseren Bademänteln an der Beauty-Rezeption vorbeigehen, lacht Sabine schon wieder so, dass ihr die Tränen kommen und uns die Schar junger Kosmetikerinnen irritiert anschaut.

»Was meint ihr, ist die bessere Lebenshälfte schon vorbei?«
Abends sitze ich mit Susanne, Monika und Sabine im Hotelrestaurant und schiebe mir eine Gabel Spinatspätzle in den Mund. Mit glühenden Wangen trinken wir »Allesverloren« aus Südafrika. Um uns herum summen die Stimmen von etwa fünfzig Frauen zwischen fünfunddreißig und Ende vierzig. Der Laden hier im Westerwald könnte ohne die Institution Frauenwochenende vermutlich dicht machen. Nur vereinzelt hocken hier und da zwei Männer und schauen tapfer in ihr Pils. Schon heute Nachmittag in der Sauna sahen sie mit ihren Laken um den Hüften und den frotteebezogenen Schlappen so aus, als wären sie lieber auf einem anderen Planeten.

Sabine nimmt einen Schluck. »Wieso denn? Nein, glaube ich nicht, auch wenn natürlich nicht mehr so viel Neues passiert.«

Susanne prustet leise: »Wenn es das nur wäre, super. Ich denke schon, dass die besten Zeiten vorbei sind. Die meisten werden doch um die vierzig immer langweiliger: Das Haus abbezahlen, mal eine Reise, arbeiten, ein paar Falten mehr im Gesicht, ihre Kinder kutschieren. Und ständig müssen wir diese Sprüche aus den eigenen Reihen ertragen: » ›Ja, ja, wir werden alle älter.‹ Logisch werden wir älter, was denn sonst?«

»Um die vierzig zählt eben die innere Entwicklung. Was ist denn daran so dramatisch?« Monika nimmt sich vom Broccoli mit Mandelblättchen und streicht sich mit dem Handrücken eine dunkle Locke aus der Stirn.

»Ach, komm schon. Innere Entwicklung. Dafür bleibt ja bei all der Schadensbegrenzung kaum noch Zeit. Sport und gesunde Ernährung, Luxus-Cremes und Klamotten, die wirklich sitzen. Älterwerden ist anstrengend und teuer.«

»Arrangiere dich mit dem So-Sein der Dinge«, sagt Monika, legt ihre Hände wie ein buddhistischer Mönch vor ihrer Brust zusammen und senkt sanft die Augenlider.

Ich sitze da und höre meinen Freundinnen zu, während der Groschen in Zeitlupe fällt. Ich bin dreiundvierzig und ich habe keinen Schimmer, wie ich mit dieser Lebensmitte und dem, was sie mit sich bringt, umgehen will. Was wird aus meinem Körpergefühl? Was läuft bei anderen Frauen? Und was ist mit Männern? Welche Krisen muss ich erwarten? Was hält mein Leben aufregend?

Während die mollige Kellnerin an unseren Tisch tritt und uns das Joghurtparfait am Mango Kiwi-spiegel serviert, denke ich kurz nach. Eins ist klar: Kein Botox der Welt wird unsere Jugend retten! Mindestens körperlich geht es von jetzt an langsam talwärts. Und dann? Ich kenne zwar eine Anleitung zum Smokey Eyes-Schminken, Pokern und Unglücklichsein; von ein paar brauchbaren Ideen, wie es mir auch in der zweiten Lebenshälfte richtig gut geht, ohne mich nur mürrisch mit dem Verwittern abzufinden, habe ich hingegen noch nichts gehört.

Ich frage meine Freundinnen, aber auch sie müssen da passen und haben keinen Schimmer, wie man mit dem Altwerden umspringt.

Susanne zuckt mit den Achseln. »Denk doch einfach selbst darüber nach. Und erzähl uns, was dabei herausgekommen ist.«
Keine schlechte Idee. Ich schaue mich um. Gerade erheben sich einige Frauen von den Nachbartischen und strömen in Richtung Bar. Manche von ihnen sehen beschwingt aus, andere trotz Wellness verspannt.

Ich nehme mit Schwung die Weinflasche aus ihrem silbernen Halter und nicke entschlossen: »Mach' ich!«
»Du suchst eine Antwort auf die Frage: Was ist gut gegen Hängebäckchen? Fabelhaft!«, sagt Susanne. »Und jetzt schenk mal nach!«

Das richtige Modell fürs Leben

Zwei Tage später hat mich mein Hamsterrad wieder. Lenni, Jonas und Hanna sind in der Schule, mein Mann Markus programmiert nebenan an einem neuen Auftrag und ich sitze am Schreibtisch und öffne meine Mails. Die Morgensonne scheint durch das große Dachfenster. Irgendwer mäht da draußen schon Rasen.

Ich klicke eine Nachricht der Klassenpflegschaft aus Hannas Klasse an und wieder weg, schiebe eine neue Jobanfrage in meinen Bearbeitungsordner und rufe Sabines Mail auf.

Hey Bella,

bist Du gut nach Hause gekommen? Ich fand es mal wieder großartig mit Euch. Das nächste Mal sollten wir allerdings eine Quartettmassage buchen.

Eben habe ich im Niederrheinanzeiger einen Artikel über die Vielfalt weiblicher Lebensentwürfe gelesen. Wer von uns macht es da eigentlich «richtig»? Die ohne oder die mit Partner (das Wort klingt immer so nach Verkehrswacht, oder?)? Die Mütter oder die Nichtmütter? Die mit der Karriere oder die in Teilzeit? Kommt es nur mir so vor oder gibt es eigentlich bei jedem Modell Gemecker von irgendwem?

Hilfe, ich muss los.
Später mehr und Kuss von S.

Weibliche Lebensentwürfe. Ich nehme einen Schluck aus meinem Milchkaffee-Glas und erinnere mich an

ein Frühstück nach einer Party vor kurzer Zeit. Da saß ich mit Susanne, Beate und ihrer Freundin Ida, einer Kinderärztin aus Oslo, zusammen. Unser Gespräch verlief in etwa so:
»Vierzig und keine Kinder? Als Architektin kann ich da das spektakulärste Haus der Stadt bauen. Dschungelartiger Dachgarten, Panoramafenster, Niedrigenergie, was weiß ich und dann höre ich: ›Großartige Leistung, ja, ja, aber für Familie wird es doch höchste Zeit.‹ Meine Eltern, ihre Freunde und Nachbarn finden, dass eine Frau ohne Kinder einfach nicht vollständig ist«, begann Susanne und schmierte sich zentimeterdick Quittenmarmelade auf ihr Brötchen.

»Vollständig? Wenn du welche hast und nicht ganztags arbeitest, bist du in den Augen mancher Redakteurinnen eine Latte-macchiato-Mutter. Dann stellst du dich dem Berufsleben nicht vollständig. Arbeitest du dann wie ich endlich wieder ganze Tage, flüstern deine Eltern, viele andere Mütter oder wer sonst noch so meint, das kommentieren zu müssen: ›Also, die armen Kinder. Das kann ja nicht gutgehen‹ «, antwortete Beate.

Ich weiß noch, wie Ida zu all dem den Kopf schüttelte. Ihr Mann nimmt gerade als Jurist in Oslo Elternzeit für die kleine Kaya. Ida fand es merkwürdig, dass besonders in unseren Jahrgängen Vollzeit arbeitende Mütter mit Hausmännern an ihrer Seite eine rare Spezies sind.

Wie sie würde wahrscheinlich auch jede Französin mit den Achseln zucken. Sie würde in ihre Schühchen schlüpfen, ihre Kinder mit einem »On y va – auf geht's!« zu ihrem Renault winken und sie, wie neunundneunzig Prozent der anderen Mütter, in die *école maternelle* kutschieren.

Für Ida war es jedenfalls undenkbar, zu Hause zu bleiben, wie die Frauen, die bei uns nach dem Modell Ich-ziehe-nur-meine-Kinder-groß leben. Wir kamen zu dem Schluss, dass die vermutlich entweder sehr viel oder ziemlich wenig Selbstbewusstsein haben müssen, vielleicht das neue Scheidungsrecht nicht kennen oder einen Mann haben, der genug Schotter nach Hause trägt, um alle Rechnungen zu zahlen.

»Also ich stelle mir das für eine Frau um die vierzig auch echt demütigend vor, auf die Frage ›Und was machst du so?‹ ›Ich bin Hausfrau‹ zu antworten. Subtextfrage: ›Himmel, was tust du denn den ganzen Tag?‹ «, bemerkte Susanne.

»Melanie, meine Nachbarin, hätte eine Antwort: ›Was ich tue? Lass mich mal nachdenken. Ich helfe beim Bio-Frühstück im Kindergarten, betreue den Computer-Raum am Gymnasium, putze einmal im Monat den Klassenraum, bastele Laternen, stoppe die Zeit bei den Bundesjugendspielen, backe Kuchen oder Muffins für x Veranstaltungen und schlage mir gern diverse Abende für die Schulpflegschaft um die Ohren, weil ohne Frauen wie mich die meisten Schulen in Deutschland schließen müssten.‹ «

Sabine grinste. »Nee, Beate, da kenne ich aber auch andere. Was ich tue? Lass mich mal nachdenken. Ich gehe zur Kosmetikerin, shoppen, zum Coiffeur, zum Poweryoga mit Melanie, frühstücken oder lass mir die Finger maniküren, weil ohne Frauen wie mich die meisten Läden schließen müssten.«

In meinem Büro wird es auf einmal laut. Der Mann mit dem Rasenmäher beginnt jetzt im Nachbargarten seine Arbeit mit einer elektrischen Heckenschere.

Dem Geräusch nach ist es eine aus den fünfziger Jahren.

Mit dem ›Was zieh‘ ich heute an? Was koch‘ ich meinem Mann?‹ sind die meisten von uns heute tatsächlich durch, denke ich. Wenn wir komplett auf Schlaf verzichten, könnten die mit den Kindern unter uns es vielleicht sogar schaffen, voll berufstätige, schulisch engagierte, top gepflegte, kulturell und sportlich aktive Vollblutmütter und Sexgöttinnen zu sein. Wobei – möglicherweise würde das selbst mit den acht Stunden Extra-Zeit schon knapp.

Ob mit ausreichend Schlaf oder nicht: Lebensmodelle haben wir viele zur Auswahl, nur ist leider keins dabei, bei dem ein Außenstehender keinen Flunsch zieht. Interessiert es uns aber eigentlich immer noch, was Gleichberechtigungsexperten, Eltern, Mitmütter, Kollegen oder Journalisten für ideal halten?

Manchmal leider schon und dann ist es schwer, sich kein schlechtes Gewissen oder Gefühl einreden zu lassen, von wem auch immer, auch wenn ich es selbst bin, die Erwartungen hat. Rational ist allerdings klar, dass diese Everyones-Darling-Nummer sowieso nie funktioniert und die einzig richtige Antwort lautet: »Ich mache das so, wie ich es haben will und hinkriege.«

Gutes Stichwort. Halb neun. Ich öffne meinen Jobordner. Die Kinder stehen in ein paar Stunden wieder vor der Tür, ich möchte heute Abend noch zum Pilates und beim Friseur war ich auch schon länger nicht mehr. Was wollte eigentlich die Schulpflegschaftsvorsitzende in ihrer Mail?
»Markus«, rufe ich rüber in sein Büro. »Kannst du heute kochen?«

Kind oder Hund?

Ein paar Tage später sitze ich mit Beate im »Feinsinn«, einer Kneipe in der Kölner Südstadt, und starre auf ihr Smartphone. Auf dem Bild, das sie mir hinhält, sehe ich unscharf ein Bündel Fell. Wie auf einem Ultraschallbild versuche ich hinten und vorne auszumachen. Ratlos sehe ich Beate an. Sie blinzelt mich durch einen Glückshormonschleier an. »Ist der nicht süß?«

Beate will einen Hund. »Bist du sicher?« Ich versuche mir meine durch und durch rationale, organisierte und pingelige Freundin mit einem Tier vorzustellen. Will sie statt nach Südafrika nur noch in die Eifel, weil der Rhodesian Ridgeback nicht mitfliegen kann? Wird sie den Samstagmorgen auf dem Platz einer Hundeschule verbringen, statt mit ihrem Mann zu frühstücken? Gibt sie ihr gepflegtes Haus dreckigen Pfoten und spitzen Zähnen preis? Möchte sie bei jeder Jahreszeit immer dieselben Wege ablaufen und öde Gespräche mit überspannten Damen über Hundeernährung führen? Und das alles für gelegentliches Fellkraulen und Freude, wenn sie zur Tür reinkommt?

Als ich nach unserem Kneipenabend nachts im Bett liege und nicht einschlafen kann, denke ich über Beate und ihre Sehnsucht nach. Meine Freundin sah so verklärt aus wie eine Schwangere, dabei hat sie schon zwei leidlich große Kinder. Warum möchte sie sich denn jetzt noch eins ans Bein binden, das nie erwachsen wird? Als ich Beate vorhin vorsichtig danach fragte, antwortete sie leicht bissig: »Es gibt eben Hundeleute. Zu denen gehöre ich.«

Hundeleute, schon möglich. Meine These zu Frauen, die sich um die vierzig einen Hund anschaffen, ist allerdings eine völlig andere. Die biologische Uhr tickt bei uns allen allmählich ungleichmäßig. Es kann schon sein, dass da demnächst Schicht ist mit dem Kinderkriegen. Sich in der Lebensmitte einen Hund zuzulegen ist ein Hormonding, nichts weiter. Die Kinder streben nach draußen? Der Hund bindet sie an die Familie. Die Kinder stehen nicht mehr so auf Kraulen? Der Hund umso mehr. Mit Kindern hat es nicht geklappt? Hundi macht aus uns eine Kleinfamilie. Der Wiedereinstieg in den Job funktioniert nicht so recht? Der Hund darf nicht so lang allein sein.

Keines dieser Argumente spricht wirklich gegen einen Hund. Schließlich ist Liebe immer etwas Feines und von Natur aus sowieso irrational. Viel Spaß mit dem neuen Baby, Beate, denke ich und finde es unter meiner Decke gemütlich. Unten spielt Markus noch Gitarre. Ich höre ihn leise zupfen und singen. Hunde und Kinder – wenn ich weiter nachdenke, kommt mir unsere Lebensphase mitunter wie ein hübscher Altbauflur mit einer Menge verschieden aussehender Türen vor. Auf einer feuerroten steht *Tango lernen*, auf einer mit Rosendekor *ein B&B eröffnen* und auf der aus Holz *für ein paar Monate nach Kanada ziehen*.

Jede von uns schlendert den Flur entlang, bleibt ab und zu stehen und schaut sich die Türen näher an. Manchmal raffen wir auch unseren Mut zusammen, drücken die Klinke herunter und treffen damit eine Entscheidung. Nur die Tür mit den Käpt'n Sharky- und Lillifee-Aufklebern klemmt ziemlich. Noch einige wenige Jahre und wir können an ihr herumrütteln, bis uns der Arm lahm wird. Ende vierzig ist die Tür dann überpinselt und trägt eben die Aufschrift einen Hund kaufen.

Wenn ich so darüber nachsinne: *Arrivederci andere Umstände* ist ein Umstand, auf den die Frauen, die ich so kenne, unterschiedlich reagieren. Einige interessiert diese Tür nicht, da sie niemals Kinder wollten. So wie Marion: »Mein Leben im Takt der Jahreszeiten? Ostereier bemalen, Muschelbilder kleben, Martinslaternen basteln und Adventskalender füllen? Und wenn die Kinder dann Kinder haben, geht das Spielchen wieder von vorne los? Och nee, danke, nicht mit mir.«

Auch Frauen wie ich, die ihre Familie als vollständig empfinden und außerdem eine Freundin von planbarem Nachtschlaf sind, gehen achtlos vorbei. Eine wachsende Gruppe von uns steht allerdings vor der Tür an und will unbedingt noch herein. Es gibt da immer noch welche, die um die vierzig das erste, zweite, dritte oder vierte Kind wollen.

Ein paar andere drücken sich allerdings auch unentschlossen im Flur herum. Wahrscheinlich klopft sie der Jetzt-oder-nie-Aspekt der Kinderfrage mürbe. Einige von ihnen haben vielleicht Biografien wie meine Bekannte Claudia. Als Claudia noch jünger war, ergatterte sie eine gute Stelle, bei der sie Excel-sheets malte und wichtig im Flieger oder in Meetings saß. Im Balanceakt versuchte sie, gleichzeitig mit ihrem Partner eine Beziehung auf Augenhöhe zu führen. Das allerdings gestaltete sich schwierig, weil er etwa 250 Kilometer entfernt in einer anderen Großstadt arbeitete. Die beiden pendelten, arbeiteten und gönnten sich so lange Sushi in Restaurants mit Wengeparkett und Reisen nach Bali, bis die biologische Uhr unüberhörbar tickte: Keiner kam an Claudia heran, ohne einen Gehörsturz zu riskieren.

Claudias Frage: »Will ich noch Kinder?«
Ihre Antwort: »Vielleicht, aber was ist dann mit meiner Unabhängigkeit? Werde ich jetzt wie meine Mutter? Ist das eigentlich der Richtige? Brauchen wir jetzt eine andere Wohnung und einen Van? Was ist, wenn ich gar nicht schwanger werden kann?«, und so weiter und so weiter.

Claudia bekam wahrscheinlich mit, dass sie es nicht selbst unter Kontrolle hatte, zu welchem Zeitpunkt sich die Tür mit der Kinderfrage eigentlich öffnen würde. Die blanke Panik schien sie zu überfallen. Komischerweise konnte sie die Klinke aber dann doch leicht nach unten drücken, als sie sich mit dem Gedanken angefreundet hatte, niemals »Mami« gerufen zu werden.

Wenn ich mich an Claudia erinnere, denke ich auch an meine eigene Paranoia in dieser Zeit. Ich hatte Zweifel, jemals zwei Linien auf einem dieser Tests zu sehen. Meine Bedenken nährten sich von Artikeln über ungewollte Kinderlosigkeit und träge Spermien. Außerdem hörte ich auch immer wieder von blockierter Fruchtbarkeit durch Versagensstress, wofür ich die ideale Kandidatin zu sein schien. Kurz: Ich bewegte mich damals unweit der Hypochondrie.

Einerseits ist Mutter Natur garstig und spielt mit uns »Ätschi bätschi, geht nicht« und »Ätschi bätschi, geht doch«. Andererseits nimmt sie uns netterweise in der Lebensmitte die schwierige Entscheidung für oder gegen ein (weiteres) Kind ab. Zumindest an der Stelle sind wir dann endlich frei, etwas aufregend Neues zu tun – und wenn es der Kauf eines Rhodesian Ridgeback-Welpen ist.

Ich gähne, rolle mich zur Seite und schlafe endlich ein.

Erste Male – ab jetzt neu aufgelegt

Am nächsten Tag sitze ich an meinem Laptop und brüte über einer Übersetzung eines Katalogtextes, als mein jüngster Sohn in mein Büro stürzt und mir etwas Kleines, Weißes, Blutverschmiertes unter die Nase hält. Bei seinen Kumpels herrscht schon lange fliegender Zahnwechsel und er hat ungeduldig gewartet. Jetzt ist der erste Zahn endlich draußen und ich vermute, Hanna hat nachgeholfen. Sie steht hinter ihm und lächelt zufrieden wie eine Zahnärztin nach einer komplizierten OP. Lenni zeigt mir die Stelle, an der jetzt eine kleine Lücke klafft. Er sieht aus wie ein Kind aus einem dieser schwedischen Kinderfilme. »Super, Lenni.«

Später überlege ich: Mann, was passiert bei mir eigentlich noch zum ersten Mal? Ich sehne mich ganz sicher nicht danach, dass mir ein Zahn ausfällt, aber über Premieren in der Lebensmitte generell muss ich dringend mal nachdenken. Abends, als Markus und ich auf der Couch liegen und Miles Davis hören, habe ich Zeit dazu.

Der erste Schultag, der erste Kuss, das erste Mal Sex, die erste eigene Wohnung – das ist alles ziemlich lange her. An das Pionier-in-eigener-Sache-Gefühl erinnere ich mich trotzdem sehr genau. Egal, ob es noch nicht einmal Hausaufgaben gab, der Kuss an die Suche nach dem heiligen Gral erinnerte, das Bett zwanzig Zentimeter zu kurz war und der Nordwind auch bei geschlossenen Fenstern Kerzen löschte: Dieses gute Gefühl von Willkommen-im-Club und Ah-das-haben-sie-also-gemeint wog alles auf.

Solche Emotionen sind in der Lebensmitte Mangelware. Es ist so gut wie alles schon mindestens einmal geschehen und der Zauber des Anfangs verflogen. Ich bedauere das. Doch was kann ich tun? Vielleicht sollte ich mir neue erste Male ab sofort selbst aussuchen. So wie vergangenes Jahr, als ich zum ersten Mal Wellenreiten ging.

Surfen war mir bis dahin ein völlig unbekannter Sport. Eine günstige Gelegenheit es zu lernen, bot sich auf unserer Reise durch Südwest-England. Während der Wind dort die Osterglocken in Schräglage hielt, jagten ein paar Schäfchenwolken über den blauen Himmel. Das Meer toste vor sich hin. Markus und die Kinder betrachteten mich mitleidig, als ich in der Bretterbude der Surfschule am Ende des Strandes verschwand, um dort den Altersdurchschnitt deutlich in die Höhe zu treiben.

Im Lagerraum arbeitete ich mich zwischen einem Dutzend verschiedener Boards in einen Neoprenfummel, den mir die fleischgewordene Baywatch-Phantasie Shawn reichte. So ein Anzug ist eine ehrliche Haut. Kaschieren oder optisches Mogeln liegt ihm einfach nicht. Meine jungen Mitstreiter sahen allerdings auch nicht besser in ihm aus.

Nach ein paar einleitenden Worten liefen wir mit Shawn über den feinen Sand in Richtung Meer, die Surfboards unterm Arm. An Land dehnten wir uns noch ein wenig, lauschten Shawns Anweisungen und stürzten uns dann in die Wellen. Im Wasser dauerte es eine Weile, bis sich meine Synapsen vom Schockfrost erholt hatten. Wegen eines letzten Restes an Eitelkeit hatte ich leider die sexy Neoprenhaube abgelehnt. Als der Schmerz endlich nachließ, erinnerte ich mich auch wieder an die einzelnen Schritte:

»Leg dich aufs Board! Paddel in Strandrichtung! Beobachte die Wellen! Mach eine geeignete von ihnen aus! Spring in Hockposition aufs Board! Richte dich auf! Gleite gen Strand!« Subtext: Sei einfach souverän.

»Neue Bewegungsabläufe kannst du auch mit über vierzig noch lernen!«, beschwor ich mich und begab mich an die praktische Umsetzung. Nicht ganz trivial: Ich verpasste ein paar easy waves und paddelte so lange, dass sich meine Oberarme anfühlten, wie die einer chinesischen Kampfschwimmerin aussehen.

Schließlich schaffte ich es zwar irgendwie aufs Board, stürzte aber kopfüber direkt wieder ins Salzwasser. Shawn zeigte derweil für sein zartes Alter Einfühlungsvermögen. »Go on, you are doing a good job!«, brüllte er mir zu, um das Rauschen des Meeres zu übertönen.

Nach einer Ewigkeit stand ich für eine Sekunde, um mir dann in der nächsten das Board um die Ohren zu schlagen. Ich kämpfte eine ganze Weile so weiter. Leben im Moment? Kein Problem. Ich war derart vertieft, dass ich meine Erschöpfung einfach vergaß. Und dann endlich passierte es: Ich surfte! Ich stand! Ich glitt! Ich ritt! Es dauerte nicht lange, kaum zehn süße Sekunden, aber es war das alte Erste-Mal-Gefühl: Ah, das haben sie also gemeint. Willkommen im Club.

Ja, so war das. Ich muss seufzen und stupse Markus an: »Komm, lass uns am Wochenende mit den Kindern ans Meer fahren.«

Es gibt sie noch, die guten Partys

Aus unserer Tour an die See wird nichts. Unsere Bekannte Ulrike feiert ihren vierzigsten in einem Club am Stadtgarten und da wollen Markus und ich hin. Während ich vor der Party unter der Dusche stehe und sehr heißes Wasser über meinen Körper fließen lasse, hänge ich meinen Gedanken nach.

Vierzig werden ist immerhin mal eine Sache, die noch ganz von selbst ein erstes und gleichzeitig letztes Mal passiert. Interessanterweise fragen sich bei diesem Geburtstag selbst Leute, die nie mehr als fünf Gäste auf einmal einladen: »Feiere ich?« Keine Ahnung, warum. Wahrscheinlich ist es so eine Art Statement. »Klar kann ich noch richtig feiern, was dachtest du denn?« Oder eben: »Ich bin durch mit dem ganzen Partyquatsch.«

Ich massiere in meine nassen Haare ein Shampoo, das intensiv nach Orange duftet. In der Dusche wabert heißer Nebel.

Ich weiß noch, wie ich mich fragte, was ich an meinem Geburtstag machen wollte. Essen gehen im kleinen Kreis in diesem neuen Fischrestaurant im Rheinhafen? Kaffeetrinken mit der Familie? Die Decke über den Kopf ziehen und warten, bis die vierundzwanzig Stunden vorüber sind? Den Tag in einer europäischen oder transatlantischen Metropole verbringen oder während einer rauschenden Fête die Zeit vergessen?

Mein Herz schlug eindeutig für die letzte Option. Mir war allerdings klar, dass in der Lebensmitte die Gefahr groß ist, aus so einer Party eine schwierige Sache zu machen.

Während ich meine Haare ausspüle, denke ich an damals. Als ich jung war, tanzten wir vor Fototapeten mit Sonnenuntergang in umgebauten Partykellern zu Neue Deutsche Welle-Songs, bis uns die Füße in unseren Stiefeletten schmerzten. Wir taten so, als würde uns der Blue Curaçao mit Orangensaft schmecken. Die Deko erschöpfte sich in Alufolie an den Wänden. Die Einladungen wurden definitiv nicht auf Büttenpapier ein halbes Jahr vorher verschickt. Die liefen eher mündlich ab: »Meine Eltern sind am Wochenende auf Juist. Wir machen eine Fete. Bring Salzstangen und eine Flasche Bluna mit.«

In dieser Zeit knutschten wir viel und tanzten Stehblues. Ein bisschen enger angeschmiegt und schon wusste man, wie gut man ankam. Heute muss man sich da schon auf andere Indizien verlassen, weil den einfach keiner mehr tanzt.

Wieso eigentlich nicht?, frage ich mich, während ich mich mit meinem flauschigen Handtuch abtrockne. Möglicherweise traut sich einfach keiner mehr, weil alle wie auf der Arche Noah zu zweit da sind. Das Anschmiegen an andere macht so keinen rechten Sinn mehr oder wenn, nur Probleme.

An viele dieser alten Partys erinnere ich mich sehr gern. Die Füße wund tanzen, flirten, mitsingen, komische Sachen essen und trinken. Warum gibt es heute doch einige Feste, bei denen man ohne Schmerz um vierundzwanzig Uhr verschwindet? Natürlich nur um die Babysitterin pünktlich abzulösen, die ja noch weg will und in deren Nachtleben »vor elf sowieso noch nichts los ist«. Letzteres muss man auch erst verarbeiten, um sich nicht auf einmal sehr alt vorzukommen.

Was also macht heute eine gute Party aus?, frage ich mich, während ich mir eine Jeans und ein schmal geschnittenes Hemd aus dem Schrank ziehe. Immerhin ist man ja auch heute gelegentlich auf welchen eingeladen und nimmt dann gern in Kauf, am nächsten Morgen kaum aus den Augen schauen zu können.
Ich weiß noch, wie ich vor meiner eigenen Party mit Markus zusammen saß und genau darüber sprach:

Ich: »Was gehört zu einer guten Party?«
Er: »Coole Tänzerinnen, die auf der Theke tanzen und dabei Drinks ausschenken. So wie in diesem Film Coyote Ugly. Das ist so was von lässig.«
Ich: »Und wo sollen wir die in der niederrheinischen Provinz herkriegen? Hier ist ja wohl eher so das Pflaster für Ich-klemm-mir-mein-Handtäschchen-beim-Tanzen-untern-Arm oder Ich-stell's-auf-den-Boden-und-tanz-drumherum, oder?«

Mein Mann kann einsichtig sein, wenn es darauf ankommt. »O.k., aber wildes Tanzen muss sein und das nicht erst ab halb zwölf.«
»Eine Menge Alkohol, ohne dass jemand sturzbetrunken in der Ecke liegt.«
»Jeder spricht auch mal mit Leuten, die er vorher nicht kannte.«
»Ein DJ legt auf, der die Klappe halten kann und mehr Songs kennt als IamwhatIam-Itsrainingmen-Iwillsurvive.«
»Gut, dann also ein schweigsamer DJ mit der Mission ›Jeder tanzt und hat Spaß‹ statt einer mitteilsamen Landpomeranze mit Oberlippenbart.«
»Apropos tanzen: Partys im Winter sind besser. Im Sommer hat die eine Hälfte der Leute Urlaub, die andere lungert draußen herum und schlürft Weißbier.«
»Ganz wichtig: Es wird geflirtet, ohne dass einige

direkt alarmiert die Stirn in Falten legen.«
»Leichtes, leckeres Essen, also nichts, nach dem man sich fühlt wie eine Riesenschlange nach ihrer Mahlzeit für einen Monat.«
»Alle echten Freunde sind da und ansonsten nur Leute, die man wirklich gern hat.«
»Angenehme Beleuchtung und der nächste Gast steht auf keinen Fall weiter als einen Meter vom nächsten entfernt.«

Ich stehe vor unserem Spiegel und tusche mir die Wimpern. Gerade der letzte Punkt erschien mir nicht nur damals besonders einleuchtend, nachdem mein achtzehnter Geburtstag desaströs endete. Ich feierte ihn gemeinsam mit einer Freundin in einem Saal der Tanzschule ihres Stiefvaters. Keine Ahnung, ob der noch ein Hühnchen mit seiner Stieftochter zu rupfen hatte und uns deshalb nicht warnte. Wir jedenfalls luden unsere neunzig Gäste ein, die dann in dem 250-Mann-Saal viel Platz für Ausdruckstanz gehabt hätten, diese Gelegenheit allerdings ungenutzt verstreichen ließen. Die konsequente Ausleuchtung jeder Nische, vermutlich um Cha-Cha-Cha-Schritte während der Tanzkurse einfacher kontrollieren zu können, machte die Sache nicht besser. Das Ende vom Lied war zwar nicht gerade *Crying at the Discotheque*, aber ein recht ernüchterndes Party-Resümee.

Ich föhne mir jetzt die Haare, werfe meinem Spiegelbild einen prüfenden Blick zu und nehme die Kette mit dem kleinen Buddha aus meinem Schmuckkästchen.
Wenn ich so recht darüber nachdenke, überwand ich mein Partytrauma tatsächlich an meinem vierzigsten. Damals stopfte ich alle meine Freunde und Lieblingsbekannten in eine kleine Bar und lud meinen alten DJ-Freund Paul ein, der nicht nur ein Händchen für passende Songs,

sondern auch für mein reparaturanfälliges Mofa hatte. Dann tanzten wir alle bei schmeichelnder Beleuchtung bis zum frühen Morgen – nur Stehblues war nicht dabei.

Ich gehe ins Wohnzimmer, wo Markus mit Hanna und Lenni Sportschau sieht. Meine Schwiegermutter plaudert mit Jonas beim Abendessenkochen.
»Auf geht's, Schnucki«, sage ich zu Markus. »Lass uns tanzen.«

Als wir Stunden später wieder ins Haus schleichen, reibe ich mir zufrieden die wunden Zehen. Es gibt sie noch, die guten Partys – auch wenn sie echt anders sind als früher.

Travel Pursuit

Am nächsten Morgen klingelt der Wecker unbarmherzig früh. Hanna muss auch heute am Sonntag zu einem Fußballspiel. Ich bewege mich in Zeitlupe in die Küche, um ihr beim Müsliessen Gesellschaft zu leisten. Markus und die Jungs schlafen noch. Beim Blick durch die Terrassentür besteht kein Zweifel mehr: Wir haben Herbst. Ich fröstle, drehe die Heizung auf, hole die Haferflocken aus dem Schrank, schneide einen Apfel aus unserer Gartenernte und fülle meine taillierte Espressokanne.

»Was machen wir heute Nachmittag?«, fragt Hanna und schüttet sich Milch in ihre Schale.
»Eine Reise fürs nächste Jahr planen, Süße«, antworte ich und beginne langsam die Spülmaschine auszuräumen.

Beim Thema Urlaub in der Lebensmitte hat sich einiges verändert, selbst wenn ich noch nicht mal versuche, ein erstes Mal darin unterzubringen.

Früher kam ich immer mit einem kleinen Täschchen aus. Diese Zeit ist vorbei. Schon bei einer Wochenendtour mit unseren drei Kindern kommt gern die höfliche Frage auf, wie viele Wochen wir bleiben möchten. Statt der kleinen Tasche mit ein paar Büchern, Unterwäsche und einer Zahnbürste erinnert unser Reisegepäck an den Auszug aus Ägypten.

Auch wenn das Packen eine Plage ist, hält es mich nicht davon ab, bei jeder sich bietenden Gelegenheit wegzufahren. Es schadet einfach nie, eine Reise zu unternehmen. Die Wahrscheinlichkeit, eine bessere Zeit als zu Hause zu haben, ist hoch. Jedenfalls dann, wenn auf dem Schreibtisch eine Steuererklärung wartet und es seit vier Wochen dauerregnet, so wie gerade.

Wenn ich mich als Lebensmittefrau ausgebrannt und matt fühle, reicht mir schon eine Nacht in einer fremden Umgebung, um wieder eine sprühende femme fatale zu werden. Na ja oder so etwas Ähnliches.

Wenn ich allein mit Markus reise, bieten sich tolle Möglichkeiten. Romantiko-Hotels in zauberhaften Gegenden öffnen ihre Türen für uns: »Bitte haben Sie Verständnis, dass wir keine Buchungen für Gäste unter sechzehn Jahren annehmen.« Auch können wir ausführlich Schuh- und Gemäldekollektionen anschauen, ohne weiter gezogen zu werden und in Sommernächten von Kindern unbehelligt raffinierte Cocktails am Meer trinken. Noch interessanter finde ich es natürlich, wenn wir unsere Komfortzone verlassen, über irgendein Meer segeln oder in Irland von Farm zu Farm reiten. Ersteres muss leider ohne mich stattfinden, weil mir eine Dokumentarsendung über *freak waves* den Spaß daran gründlich versalzen hat.

Reisen zu zweit sind leider selten und kurz, weil auch die beste Schwiegermutter der Welt ihre Kapazitätsgrenzen hat. Ferien für einen von uns alleine, in dem jeder von uns machen kann, was er will, sind natürlich ebenfalls rar. Fest steht: Seit wir als Familie unterwegs sind, müssen wir definitiv mehr Grips auf das Thema Urlaub verwenden, um alle Spaß zu haben.

In den ersten Jahren mit den Kindern dachten Markus und ich, dass nun zwangsläufig die Zeit für Kinderhotels und Clubs angebrochen sei. Beide liegen eindeutig in der Komfortzone, die wir merkwürdigerweise auf einmal als Grenze akzeptierten, als trenne sie uns mit einem 1.000 Volt Zaun vom Rest der Welt und ein Grenzbeamter würde fragen: »Haben Sie eine Erlaubnis, hier weiterzureisen? Sie haben Kinder? Nein, tut mir leid, Cosy Cottages in England und Kanu- und Wanderreittrips in Frankreich sind für Sie ab jetzt tabu.«

Wir fügten uns also brav in unsere imaginäre Begrenzung und buchten ein Kinderhotel in den Alpen. Kinderhotels haben oft kulinarisch indiskutable Buffets und einen Clown.

Beides hatte ich vor der Buchung verdrängt. Schüsseln und Platten fernab vom Platz aufgereiht sind der Fluch für jede Familienmahlzeit, da so nie alle gemeinsam sitzen und essen. Mindestens einer hängt immer noch unschlüssig vorm Buffet herum und kommt dann mit unmöglich kombinierten Speisen zurück. Während man selbst wartet und das Züricher Geschnetzelte mit Romanesco-Gemüse auf Zimmertemperatur abkühlt, hört man andere Eltern Sätze sprechen wie »Ach, Erik, nisch immer de Pommes, iss doch emal Salat« oder »Nee, du fängst aber nisch mit der Mußoschokolatt an, zuerst nimmse dir ma wat von dr Flädele-Supp«. – »Mutti, wat sin Flädele?« – »Wat weiß denn isch, aber Schoki als ene Vorspeis, dat jibbet nit.«

Das alles wäre gerade noch zu ertragen, wenn da nicht der Clown wäre. Obwohl zahlreiche Studien belegen, dass die meisten Erwachsenen Clowns nicht mögen und Kinder Angst vor ihnen haben, gehört ein Clown zur Standardausstattung vieler Kinderhotels. Selbst wenn das versprochene Schwimmbad so klein ist wie ein Bildband und ein griesgrämiger Ziegenbock und zwei Meerschweinchen den Streichelzoo bilden, gurrt die Wirtin noch: »Ah geh, was wollns?

Mer stelln uns da scho auf drr Kindr ein – des is fei a liaba Clown, unsa Häppi.« Und, zack, bin ich in der Nummer drin und muss ertragen, dass Happy in seiner überdimensionierten gelben Hose mit dem Knopf am Latz zwischen den Tischen herumläuft und peinliche Späße auf meine Kosten macht.

Markus und ich stellten damals fest, dass auch die herrlichen, aber wenigen Stunden, in denen wir Berghänge auf dem Mountainbike bezwingen konnten, weil unsere Kinder mit Resi und Seppl Murmeltiere beobachteten, den Urlaub nicht perfekt machten.

Seit unser Jüngster in die erste Klasse geht, keimt Rebellion in uns auf. Wer will uns daran hindern, die Komfortzone zu verlassen? Und ist Reisen nicht eine fantastische Möglichkeit, mal wieder etwas Unvorhersehbares zu erleben?

Wir ließen es darauf ankommen, packten das Allernötigste in unsere Rucksäcke und wanderten mit ein paar Freunden und ihren Kindern vor dramatischem Bergpanorama von Hütte zu Hütte. Noch nie waren wir so nah am Abgrund und am travelling light von damals.

Hochalpine Wanderungen auf schmalen Pfaden kann man mit Kindern wunderbar unternehmen, wenn man akzeptiert, dass Kinder ab etwa neun Jahren eine Stunde vor den Erwachsenen auf der Hütte ankommen. Da vor, nach und während des Wanderns Bäche gestaut, Greifvögel beobachtet, Berggämsen erspäht und Stöcke geschnitzt werden, ist das Ganze meist so aufregend, dass kein Kind auf die Idee kommt, sich länger als fünf Minuten mit »Wann sind wir da? Ich habe Hunger/Durst/Blasen an den Zehen!« aufzuhalten.

Angefixt vom echten Reisen sagte Markus, als wir wieder einmal einen Urlaub planten: »O.k., ich denke, wir sind jetzt soweit: Wir machen eine Wohnmobilreise.«

Als Teilzeithippie träumte er immer wieder vom freien Leben, während ich prinzipiell gar nichts gegen Pools, Federkernkissen und Deckchairs mit Aussicht habe. Ich ließ mich aber überreden. Schließlich soll mir keiner nachsagen, dass ich in der Lebensmitte gesetzt und unflexibel geworden bin. Übers Internet buchten wir bei einem Exilschwaben und Ex-Blumenkind einen umgebauten VW-Bus.

Als der Vermieter uns in Santiago de Compostela am Flughafen abholte und uns fünf mit der Gitarre sah, rief er mit in Spanien ungewöhnlicher Blässe: »Oh, eine sechste Person!«

Eine Stunde später wusste ich, warum. Unser Wohnmobil war winzig und mir drängte sich der Gedanke auf, dass ich hier nicht nur eine Reise, sondern einen Selbsterfahrungstrip gebucht hatte, der von der Komfortzone so weit entfernt war wie die New Yorker Freiheitsstatue vom Kölner Dom.

In den nächsten Wochen fuhren wir einfach drauflos und standen mit unserem Bus tagelang an einem einsamen, feinsandigen Strand. Wir kochten in der Miniaturkochnische morgens unseren Espresso und schauten dabei den Kindern zu, wie sie Bootsrennen im Bach veranstalteten, der direkt neben unserem Platz in den Atlantik mündete.

Wir joggten zum anderen Ende der Bucht, badeten in den eiskalten, klaren Wellen und duschten mit Süßwasser im Bad des Busses, das genauso breit war wie ein Männerschuh. Abends fuhren wir dann zum Fischessen in den nächsten Hafen und tranken zurück an »unserem Strand« unter einem gigantischen Nachthimmel spanischen Wein. Markus zupfte auf seiner Gitarre, wir saßen am Feuer und grölten alle fünf »Ein Stern, der Deinen Namen trägt« und es war keiner da, den es störte. Na ja, außer vielleicht einem schweigsamen Surfer, der hundert Meter weiter in seinem Bulli wohnte. Nachts bauten wir im Bus unser Bett und rückten dabei so nah aneinander wie die Sardinen auf dem Teller der Tapas-Bar vom Mittag.

»Mama, bist du eigentlich schon richtig wach?«, fragt Hanna.
Ich räume das letzte Glas in den Schrank. »Ich hab nur an die Sommerferien gedacht, Süße. Hast du deine Fußballtasche? Komm, lass uns abhauen.«

Ehrgeiz am Spielfeldrand

Der Regen hat immerhin nachgelassen. Auf dem Fußballplatz des Vereins, gegen den Hannas Mädchenmannschaft heute spielt, hat das Vereinshäuschen schon geöffnet.

Zwei Frauen stehen hinter der Theke. Eine trägt ein T-Shirt mit der Aufschrift »Mutter von Marvin«. Die beiden schmieren Margarine auf Brötchenhälften und belegen sie mit Käse, auf dem ich noch den Verpackungsboden als Prägung erkenne. In der Ecke der Bude gurgelt eine Maschine. Ich kaufe einen Becher Kaffee und lehne mich fröstelnd an einen Unterstand.

Bislang sah ich mich eher auf dem Feld als hinter der Linie. Während ich gern selbst etwas tue, statt anderen dabei zuzusehen, wird mir seit ein paar Jahren klar: Als Lebensmittefrau warte ich immer öfter am Spielfeldrand. Ob es nun Fußball, Handball oder Feldhockey ist – wir stehen herum und schauen unseren Kindern zu.

Gerade kommt mir das wie eine passende Metapher für meine Lebensphase vor. Vom Flutlicht aus trabe ich ab jetzt auch immer wieder regelmäßig in den Schatten. Von dort aus sehe ich die, die jung und am Zug sind. Sie rennen wie die Wiesel, hängen mich in technischen Dingen lässig ab, sehen in ihren Jeans besser aus und machen im Kletterpark den Tarzansprung, während ich noch überlege, ob mein Knie diese Aktion überleben wird oder ob ich lieber einen Tee trinken gehe.

Erfüllt mich das mit Wehmut? Nein, eigentlich nicht. Es ist gut, dass sie schneller laufen als der Schall und mit links auf jedes noch so unbekannte Handy Klingeltöne laden können. Ihre Energie und ihr Tempo machen mir Spaß.

Gegen passives Zuschauen beim Kindersport habe ich mich hingegen lange gewehrt. Leichtathletik, Schwimmen und Turnen waren noch drin, aber vor allen Aktivitäten mit Turnieren habe ich mich gedrückt. Ich konnte mir auf Anhieb zehn bessere Beschäftigungen für mein Wochenende vorstellen, als mit kalten Füßen an einem Kreidestrich zu stehen und Eltern beim Schreien von »Zieh durch! Geh doch mal! Die Zehn steht frei!« zuzuhören.

Hier zieht gerade noch keiner durch. Die Mädels sind noch mit ihrem Trainer in der Kabine. Team- und Strategiebesprechung. Auf dem Platz macht sich allerdings gerade ein kleiner Trupp Mädchen der anderen Mannschaft warm. Sie schießen aufs Tor. Die pummelige Torhüterin mit dem roten Zopf steht breitbeinig und zum Sprung bereit da. »Geh mehr raus!«, schreit eine Frau, die wie eine erwachsene Ausgabe des Mädchens aussieht. Das Kind reibt sich mit dem Trikotärmel Schlamm von der Wange und verdreht die Augen.

Manche von uns Eltern entwickeln offensichtlich die Angewohnheit, ihre Kinder für sich glänzen zu lassen, statt es gelegentlich selbst zu tun, und das nicht nur beim Fußball. Lukas oder Emma müssen dann nochmal eine Schippe drauflegen und schneller rennen, besser Geige spielen oder ein »sehr gut« schreiben, damit ihre Mami sich erfolgreich fühlt. So ehrgeizig wollte ich auf gar keinen Fall werden, nahm alle Schulnoten bis einschließlich befriedigend mit Freude zur Kenntnis und dachte selten über die

Teilnahme der Kinder bei »Jugend musiziert« nach.

Um Musikwettbewerbe kommt man in unserer Stadt allerdings auch leichter herum als um Fußball, selbst wenn man sich nicht die Bohne dafür interessiert. Fußball ist einfach omnipräsent. Hier wabert konstant der Duft von verschwitzten Trikots, Rasen und nassen Fußballschuhen durch die Straßen. Anders kann ich mir jedenfalls nicht erklären, dass Lenni eines Tages aufwachte und beschloss, Mitglied der Fortuna Bambinis zu werden. Von denen haben einige bereits einen Schuss drauf, der Latten zum Schwanken bringt. Diese Kinder können lauter FOR-TU-NA schreien als ich AUF-RÄU-MEN.

Ich weiß nicht, ob es ein Vortrag über die Förderung von Soft Skills durch Mannschaftssport oder zunächst Lennis flehende Augen waren, die mich damals mürbe klopften, aber schließlich gab ich nach und meldete ihn an.

Hanna läuft gerade mit ihren Freundinnen in Gelb-Blau auf den matschigen Rasen. Nachdem Lenni angefangen hatte, dauerte es kaum ein Jahr, bis auch sie im Verein spielte.

Ich erinnere mich noch genau an meine erste Partie als Zuschauerin. Der kleine Lenni mit der Riesenacht auf dem Rücken wusste gerade, auf welches Tor er schießen sollte. Die Gegner seiner Mannschaft russischer Nationalität nannten sich die Red Runners. Ihr Torwart war in etwa zwei Köpfe größer als unserer. Wir Eltern setzten deswegen schon zum Protest an, als der Trainer und sein Gefolge einliefen. Der Mann, eine echte Kante, kam elastischen Schrittes auf uns zu, schwarzer Anzug, weißes Hemd, Krawatte und Riesensonnenbrille.

Er sah ein wenig komisch aus neben unserem Coach in seinem Jogginganzug mit Vereinslogo. Begleitet wurde der gegnerische Trainer von ein paar Müttern mit großzügigem Make-up und übersichtlicher Bekleidung. Ein Vater im lila-türkisfarbenen Fliegerseidenblouson postierte sich neben unserem Tor.

Nach dem Anpfiff begann der Russe seiner Mannschaft unablässig »KÄMPFEN, KINDARRRRR, KÄMPFEN!« zuzubrüllen. Während mein Puls stieg, streifte mich der Gedanke, was das nun auf sich hatte mit den Soft Skills beim Mannschaftssport. Aber dann schrie ich, riss bei jedem Tor die Faust gen Himmel und war so stolz, als hätte ich persönlich die Red Runners mit 9:5 vom Feld gefegt.

Als wir damals nach dem Abpfiff mit den Kindern zu den Umkleiden liefen, dachte ich noch verwundert: Mann, das hat richtig Spaß gemacht. Aber auch: Wie erfüllt warst du eigentlich gerade vom ehrgeizigen Mein-Kind-muss-gewinnen?

Hannas Team und die rothaarige Torhüterin mit ihren Spielerinnen bauen sich nun jeweils in einer Reihe Arm in Arm voreinander auf. Sie lehnen sich in Richtung Gegner und schreien wie Maori-Krieger: »Wir sind blau, wir sind gelb, wir sind das schnellste Team der Welt.« Diese Energie! Ich nippe immer noch ein bisschen müde an meinem Becher und freue mich auf das Spiel, als der Schiedsrichter schon anpfeift.

Freiheit, Gleichheit, Schwesterlichkeit

Ein paar Tage später durchsuche ich unser Bücherregal nach einem Titel, den ich Monika versprochen habe. Markus steht der Ansammlung an Papieren und diversen Gegenständen auf Schreibtischen in unserem Haus zwar eher gleichgültig gegenüber, findet es aber wichtig, dass unsere CDs und Bücher streng nach dem ABC zusammenstehen.

Weil mir wiederum die Gegenstände und Papiere auf diversen Schreibtischen in unserem Haus nicht egal sind, das ABC in unseren Regalen aber dagegen sehr, bleibt alles da, wo es ist. Ich suche das Buch, das ich zwischen Gioconda Belli und Bertold Brecht finde: »Der Tod des Märchenprinzen« von Svende Merian, der Shooting Star-Roman der Alternativen Szene von 1980. Die Suche einer linken Feministin nach einem unmännlichen Mann.

Gleichberechtigung – was für ein Thema. Monika spricht mit ihrem Ethik-Kurs in der Schule darüber und mir kam diese Schwarte in den Sinn, die meine Freundinnen und ich damals verschlangen.

Ich setze mich in meinen Ohrensessel und lese ein paar Zeilen:

> *«Schieß Du doch in den Wind», sage ich noch und gehe gemessenen Schrittes weiter. Jetzt sieht er mich von hinten. Auf meinem Rücken prangt ein riesiges Frauenzeichen. Wie gut, daß ich heute ausgerechnet diesen Pullover anhabe. Dann weiß er gleich, aus welcher Richtung der lila Wind weht. Ich habe den männlichen Territorialanspruch auf die Öffentlichkeit angegriffen.*

Ich lasse das Buch sinken. Großartig. Um 1980 war lila einfach noch ein politisches Statement und nicht irgendeine In-Farbe der Saison. Frauen, die lila trugen, stillten damals im Hörsaal ihre Babys, kümmerten sich einen Dreck darum, dass sie in ihren Pluderhosen bekloppt aussahen, und verstrickten sich in hitzige und meist fruchtlose Diskussionen mit Männern. So richtig ernst nahm sie keiner, außer vielleicht Alice Schwarzer.

Denke ich an manche Frauen, ist es mit der Gleichberechtigung im Privaten heute nicht so richtig weit her. Da leuchtet doch eher ein Hello Kitty-Grinsekätzchen in Pink auf dem Rücken.

Morgens an Lennis Schule höre ich, dass Er mit seinen Kumpels zum Skifahren fährt und jeden Donnerstag nach dem Handball bis zum Morgengrauen Darts spielt. Sie verschiebt dagegen ihren Freundinnenabend um ein halbes Jahr, weil die Kinder krank/die Fenster nicht geputzt/die Müdigkeit groß/der Chef gestresst ist. Ein freies Wochenende kennt Sie nur vom Hörensagen.

Bei der vorsichtigen Frage nach einem Hauch mehr Fairness in dieser Arbeitsteilung, fallen dann Sätze wie »Ich bin finanziell abhängig von ihm«, »Ich rede auf meinen Mann ein, aber nichts ändert sich« oder »Rüdiger sagt immer: Für mich ist es gut so. Lass es doch liegen, Püppi«.

Wenn ich so etwas höre, steigt mein Blutdruck ungünstig an. Der Punkt ist, wahrscheinlich sind alle so daran gewöhnt, dass die Frauen noch die Putzeimer füllen und Mittagessen kochen, wenn Rüdiger und Konsorten schon in Rente sind und sehr wohl Zeit hätten, selbst mal den Boden zu wischen oder ein paar Spiegeleier zu braten.

Was ist da los mit der Gleichberechtigung? Wenn wir jetzt in der Lebensmitte nicht aufpassen, dann wird uns beispielsweise das Thema Haushalt verfolgen wie ein Hund am Strand von Gran Canaria, der sich nicht mehr abschütteln lässt.

Ich lege das Buch zur Seite. Abends kommt Monika bei mir vorbei, um es abzuholen. Wir machen uns ein Käse-Rucola-Sandwich und reden dabei über Monikas Freunde Manfred und Ellen. Die beiden leben mit dem hundertprozentigen Rollentausch seit der Geburt der ersten Tochter: Er kümmert sich um den Haushalt und die beiden Kinder, sie führt ihre eigene Anwaltskanzlei in Berlin.

Monika erzählt, dass Manfred zu Anfang in der Krabbelgruppe nur da saß und eine Autozeitschrift las, während um ihn herum über Schwangerschaftsstreifen, Milchstau und postnatale Stimmungsschwankungen gesprochen wurde. Nach und nach fand Manfred sich in seine Rolle ein, während sein Pulsschlag so unverändert blieb wie sein übersichtliches Koch-Repertoire. Die gewaschene und getrocknete Wäsche kippt er noch heute aufs Bett, so dass sich alle Familienmitglieder ihre Sachen heraussuchen können. Bügeln soll, wer Lust dazu hat. Er hat keine.

»Manfred. Der ist so was von entspannt. Manchmal denke ich, im Gegensatz zu solchen Männern sind wir schön blöd. Wir stressen uns selbst mit unseren Ansprüchen. Weil wir denken, die Sachen müssen so oder so laufen, geraten wir völlig unter Druck. Den allermeisten Männern fällt doch erst von selbst ein, ein

Waschbecken zu putzen, wenn die Kalk-Stalagmiten schon die Badezimmerdecke berühren. Die wenigsten juckt es, wenn der Schinken mit Verpackung auf dem Tisch liegt. Und weil wir denken, dass die Männer es nicht auf die Kette kriegen oder die Dinge sonst niemals geschehen, machen wir es dann doch wieder selbst und für die Kinder direkt mit«, sagt Monika.

»Das liegt bei vielen von uns auch am Wunsch nach Nestbau und Umsorgen. Das ist irgendetwas Biologisches«, sage ich. »Apropos umsorgen: Willst du ein Glas Wein?«

»Gerade nicht, danke. Biologie, o.k., aber vor allem Sozialisation. In einem der Artikel, den ich gerade für die Schule gelesen habe, stand, dass unsere Psyche unglaublich an die gesellschaftlichen Erwartungen angepasst ist, selbst wenn wir die bewusst ablehnen. Diese ganzen Mann-Frau-Klischees sind damit nicht nur Beschreibungen, sondern auch Vorschriften. Wenn unsere Kinder uns also die ganze Zeit bei der Hausarbeit sehen, speichern sie eines ganz sicher ab: Das muss so sein.«

Markus kommt herein, lächelt uns zu, nimmt sich ein alkoholfreies Weizen aus dem Kühlschrank und verschwindet wieder.

Ich schaue meinem Mann nach und sage: »Bei uns hat sich da einiges getan, seit ich zwei Mal hintereinander eine Woche weg war. Es war anders für alle, aber es hat funktioniert.«

»Das glaube ich. Wir müssen mit unseren Männern sprechen, was jedem von uns wirklich wichtig ist und wie wir es zu Hause haben wollen. Wir müssen uns einfach darauf einigen, was genau getan werden muss. Das ist mehr als die meisten Männer und weniger als die meisten von uns auf Anhieb zugeben würden. Ich finde, wir brauchen endlich eine gnadenlos gerechte Arbeitsteilung für Job, Haushalt und Kinder. Wie immer die dann auch im Einzelfall aussieht!« Monika redet sich für ihre Verhältnisse ganz schön in Fahrt und ich wünsche den jungen Typen in ihrem Kurs schon jetzt viel Spaß.

Sie spricht weiter: »Alles andere, was Frauen für Haus und Familie tun, läuft dann unter Spaß am Verwöhnen und Verschönern? Dann wäre das ein Privatvergnügen, für das man strenggenommen auch keinem Mann die Lampe anmachen kann, wenn er lieber etwas anderes tut.«

»Eigentlich schon, auch wenn es schwer fällt. Diese Verhandlungen über Notwendigkeiten können ja echt zäh sein. Ist einmal pro Woche putzen nötig? Oder zwei Mal oder erst dann, wenn du eine Telefonnummer in den Staub auf deinen Musikboxen schreiben kannst?«

»Bei manchen Frauen habe ich aber auch den Eindruck, dass sie es gar nicht anders haben wollen. Die haben es sich gemütlich gemacht in ihrer Rolle, so dass sie im Dauerräumen und Kinder-Sortieren so was wie ihre Daseinsberechtigung sehen. Und manche Typen sind unglaublich stur. Die sitzen einfach alles aus. Mir gefällt die Frage: Wer von beiden trägt was genau zum gemeinsamen Leben bei?«

»Das haben wir mal gemacht. Wir haben aufgelistet, wer welche Arbeit erledigt, wie lange sie dauert und was sie einbringt oder kosten würde, wenn ein Koch,

Chauffeur oder Coach sie übernimmt. Das war ziemlich heilsam für uns beide.«

»Diese beiden Mütter, die morgens bei Lenni an der Schule immer zwischen Minderwertigkeit und Opfertum schwanken, würden umfallen, was ihre Arbeit wert ist«, bemerke ich und erinnere mich an ihre Darts spielenden Männer. »Ach, bei der Verteilung von freier Zeit muss es natürlich auch gerecht zugehen. Auf die Freiheit und die Gleichheit!«, sage ich und hebe mein Glas.

Die Tür geht auf, Markus kommt herein. »Na, habt ihr Spaß? Ich mache mir noch ein Sandwich. Wollt ihr beide auch eins?«
»Na geht doch«, sagt Monika.

Nörgeln hilft (nicht)

Ein paar Tage später komme ich von einem Elternabend zum Thema Wahlpflichtfächer in der Sekundarstufe I wieder und stehe fassungslos vor den Trümmern in unserer Küche, die ich zwei Stunden zuvor in tadellosem Zustand verlassen habe: Abgegessene Teller, eine Käsescheibe, die sich in Richtung Lampe wellt, Krümel auf dem Boden, angetrocknete Gurkenscheiben auf einem Holzbrett, eine offene Biomilch, das schwere Glas mit einem Milchshake-Rest und eine Bananenschale auf der Anrichte. Soviel also zum Thema Notwendigkeiten im Haushalt, denke ich.

Das Arrangement weckt sofort den tiefen Wunsch in mir, das nächstbeste Familienmitglied heftig anzunörgeln. Ich rufe in Richtung erster Stock, aber da ist es schon still. Also wickele ich ein Stück Schokolade, das ich unten im Schrank finde, aus seinem Papier, beiße hinein und schaue auf das Chaos.

Davon abgesehen, dass das hier indiskutabel ist, wollte ich eigentlich niemals eine dieser Nörgeltanten werden. Ab Mitte zwanzig aber ging es bei mir doch damit los. Es begann langsam. Der Mann hatte nach meiner Einschätzung manchmal a) keinen Sinn für Ordnung, b) zu wenig Zeit oder kriegte c) die Zähne nur auseinander, um noch einen Schluck Bier zu nehmen.

Irgendwann kamen dann unsere Kinder. Erst waren sie klein, da machte das Nörgeln keinen Spaß, wenn es nicht so lief, wie ich es wollte. An einem brabbelnden Kleinkind herumzunörgeln, das gerade zum 2000. Mal seinen Kakao umgeschüttet hat, ist einfach unbefriedigend. Man nörgelt sich in Fahrt und die einzige Reaktion, die man bekommt, ist ein piepsiges »Mama?«.

Aber die Kinder wurden älter und so stieg die Nörgelfrequenz an. Große Kinder verstehen natürlich sehr wohl, was man sagt. Manchmal tun sie allerdings so, als wäre die Ansage ihrer Mutter eine Art Grundrauschen, das man auch ignorieren kann. Bei genauem Hinhören könnten sie allerdings Sätze wie »Nie räumt ihr…«, »Immer muss ich…« und »Wieso kann das nicht mal klappen?« verstehen. Subtext: »Ich Arme!«

Sachlich gesehen ist Nörgeln komplett überflüssig. Es verströmt einfach keine Kraft. Durch Nörgeln flog noch keine Socke in die Wäsche, blieb noch kein Kakao stehen, räumte noch kein Dreizehnjähriger seine Schultasche auf und sprach sich kein Mann aus.

Warum nörgele ich dann? Ich vermute, weil ich mich entlasten möchte, mich aber manchmal zu schwach fühle, um Tacheles zu reden. Vielleicht könnte mein Meckern auch ein subtiles »Schaut, was ich leiste« sein. Egal wie, richtig gut fühle ich mich dabei jedenfalls nie.

Während ich dasitze, denke ich an ein flammendes Plädoyer für das Nörgeln, das ich letztens in irgendeiner Frauenzeitschrift gelesen habe. Die Autorin schrieb geradezu begeistert davon, was ich merkwürdig fand.

Ihre These: Die ungesunde Alternative zum Nörgeln sind radikale Reaktionen. Sprich: Besser nach und nach immer mal ein wenig Dampf ablassen, als auf einmal wie ein chinesischer Feuerwerkskörper zu explodieren. Nörgeln statt Männer verlassen, Kinder verhauen und

Gegenstände umherwerfen? Das Nörgeln erscheint mir in einem milderen Licht.

Ich erinnere mich gerade an eine unbefriedigende Situation von gestern. Als ich vom Einkaufen nach Hause kam, weichte ein Turm nasser Fußballklamotten still den Holzboden auf. Die Kinder, die den Turm errichtet hatten, saßen derweil fröhlich in der Wanne und versprühten dort nicht nur gute Laune. Mein erster Impuls riet sofort ins Bad zu stürzen, mich nicht mit Nörgeln aufzuhalten, sondern direkt an die Decke zu gehen.

Als ich dann also tatsächlich die Treppe hochrannte, um drakonische Strafen in erhöhter Lautstärke auszusprechen, kam ich am Spiegel vorbei und erschrak. Statt einer leidlich attraktiven Lebensmittefrau starrte mich eine Furie mit wildem Blick an. Während meine Wut schon verrauchte, dachte ich: Verdammt, muss ich jetzt eigentlich auch noch die ganze Zeit lächeln, um einigermaßen gut auszusehen?

Ich beiße einen kleinen Happen von meiner Schokolade ab, stelle wenigstens die Milch in den Kühlschrank und denke beim Hochgehen: Gelegentliches Rummeckern ist wahrscheinlich immer noch besser als kopflose Wut, nach der ich mich nicht nur schlecht fühle, sondern auch so aussehe. Die Zeiten von »Ach Sissi, Du siehst so zauberhaft aus, wenn Du zornig bist« sind für mich so was von vorbei.

Ordentlich oder kreativ?

Mein Hauptanwendungsbereich für das Nörgeln ist eindeutig das Aufräumen. Den Satz »Ordnung ist das halbe Leben« verstehe ich allerdings bis heute nicht. Bedeutet das, dass man fünfzig Prozent seiner Lebenszeit mit Herumräumen verplempert? Oder dass ich mein Leben nur auf die Reihe kriege, wenn ich ordentlich bin?

Wenn es gut läuft, bin ich jetzt altersmäßig in der Halbzeit. Vielleicht ist das der Grund, warum ich gelegentlich den Eindruck habe, ich müsse mal eine Bestandsaufnahme machen und mein Leben ordnen. Hier und da ein paar dumme Gewohnheiten ausmisten, ein paar Gefühle sortieren, meine Gedanken gut durchlüften und an die richtige Stelle bringen.

Weil ich ein großer Fan von Halte-äußere-für-innere-Ordnung bin, öffne ich manchmal auch motiviert ein paar Schränke und schaue mit guten Vorsätzen in den Keller. Das zeigt mir dann leider deutlich meinen Hang zur chaotischen Haushaltsführung. Meine Ordnung ist ein mühsam errichtetes Gebilde, das minütlich vom Einsturz bedroht ist.

Markus hat zur Ordnung an sich eine Theorie. Sie lautet: Ein Mensch kann unmöglich kreativ und ordentlich sein. Wenn ich mir unsere Familie so anschaue: Wir sind alle kreativ veranlagt. Entsprechend digital sieht es oft bei uns aus, als wären wir Opfer eines osteuropäischen Einbrecher-Rings geworden (0) oder als ob meine Mutter gleich zu Besuch kommt (1). Letzteres wird auch erreicht, wenn sich unsere Putzhilfe angekündigt hat und alle am Vorabend von mir verdonnert werden, Struktur zu schaffen.

Heute ist es wieder soweit. Inzwischen hat meine Familie die Küche in einen akzeptablen Zustand versetzt und ich kämpfe mich durch das, was in den letzten Tagen liegen geblieben ist. Je älter ich werde, desto mehr sehne ich mich nach Zustand (1). Ich habe Visionen von pingelig aufgeräumten Zimmern, von Socken, die alle einen Partner haben, und von Wäsche in gezirkelten Stapeln.

Während des Studiums bin ich in die nächste Kneipe gegangen, wenn mir meine Unordnung zu viel wurde. Heute gibt es neben diesem Verlangen nach äußerer Ordnung noch andere Gründe, meinen mangelnden Ordnungssinn wie Sisyphus zu bekämpfen: a) Ich kann nicht einfach die Tür hinter mir zuschlagen und abhauen. b) Meine bürgerliche Sozialisation fordert nach all den Jahren ihren Tribut. c) Ich habe es gerne sauber, was ein Dilemma ist, da es endlos lange dauert, ein Haus zu putzen, in dem alles herumliegt. d) Ich verplempere zu viel Lebenszeit mit dem Suchen von Dingen.

Überwältigender Neid überkommt mich deshalb bei dem Gedanken an Menschen, die es schaffen, alles sofort wieder an ihren Platz zu räumen. Denn das, so behauptet Beate, ist genau der Grund, warum sie nie, nie, nie aufräumen müsse. Kunststück, sie ist ordentlich.

Eine gnädige Gabe von Mutter Natur, denke ich, während ich meinen Wäschekorb fülle. Wie stellt Beate es eigentlich an, dass der Rest der Familie mitzieht? Bespricht sie das Unterbewusstsein ihrer pubertären Söhne im Schlaf? »Ja, ich will meine Butterbrotdosen ausräumen und sie in die Spülmaschine packen. Ja, ich will meine dreckigen Fußballsachen selbstständig in den Keller tragen. Ja, ich will Mikroorganismen keine Chance mehr geben, sich in meinem Sport- und Schwimmbeutel zu komplexem Leben zu entwickeln.« Oder wie geht das?

Während ich mich mutlos durch das Zimmer arbeite, ruft Sabine an, die eine Frage zu diesen Wahlpflichtfächern hat. Sie ist eine durch und durch kreative Person und ich frage sie, was sie glaubt, wie das bei Beate funktioniert. »Ach, komm schon. Sie räumt ihrer Familie hinterher. Aber wen interessiert das? Woran sollen sich deine Freunde und deine Kinder mal erinnern: Wohl kaum daran, dass du immer so eine ordentliche Küchenschublade hattest, oder?« Die Weisheit meiner Freundinnen, was wäre ich ohne sie?

Ich denke an die Party von letztens, während ich ein paar frische Handtücher aufhänge. Markus und ich gruppierten uns zu Beginn des Festes mit ein paar Leuten um einen Stehtisch. Es ging um Kreativität und mein Mann gab wieder seine Kreative-sind-niemals-ordentlich-These zum Besten. Eine der weiblichen Gäste schaute daraufhin angestrengt auf ihre Gamba-Spießchen und stöckelte dann zum Buffet. Der Blick ihres Mannes hatte etwas Melancholisches, als er so etwas sagte wie: »Bei uns fotografiert der Kaufhof seine Interieur-Prospekte und glaubt ja nicht, dass ich am Wochenende die Sonne sehe, bevor nicht alles gesaugt ist.«

Aha, dachte ich, die Frage »Hast du die Ordnung oder hat die Ordnung dich im Griff?« gilt also genauso gut auch für die Pingeligen.

Ich klaube ein paar einzelne Kindersocken vom Boden, werfe sie in den Korb und gehe ins nächste Zimmer.

Im Tagestrott

Ich hole mir einen Besen aus der Garage und beginne mit festen Strichen zu kehren – sollen doch wenigstens meine Oberarmmuskeln von dieser Arbeit profitieren. Ich grübele weiter vor mich hin, während ich mich zentimeterweise durchs bunte Laub nach vorne arbeite.

Jeder weiß, wie großartig Bäume sind. Sie symbolisieren das Leben, machen aus Dreck gute Luft und sehen auch noch prima aus. Grün soll außerdem beruhigen. Dem allem hätte ich, bevor wir Hausbesitzer wurden, bedingungslos zugestimmt. Mittlerweile ertappe ich mich hingegen oft dabei, dass mich die Bäume vor unserer Tür überhaupt nicht ruhig, sondern eher ärgerlich machen.

Es sind große und prächtige Laubbäume, höher als unser Haus. Leider heischen sie 365 Tage im Jahr in etwa so penetrant nach Aufmerksamkeit wie ein verwöhnter Dreijähriger. Im Frühjahr überziehen diese Linden mein Auto mit so einem klebrigen Zeug. Im Sommer werfen sie ununterbrochen kleine, harte Früchte ab. Im Herbst segelt ihr Laub dann zu Boden, jede Stunde in etwa eine Tonne, und im Winter fliegen bei Sturm die Äste durch die Gegend. Das Ergebnis: Entweder der kleine Platz vor unserem Haus ist von diesem Baumzeug übersät oder ich fege jeden dritten Tag lustlos die Steine.

Wenn ich jetzt so darüber nachdenke, bemerke ich, dass sich mit zunehmender Aufgabenfülle und Verantwortung um die vierzig nicht nur hier eine gewisse Gereiztheit in meine Einstellung zur Arbeit eingeschlichen hat. Vermutlich liegt es daran, dass ich sie schon eine ganze Weile mache und es ganz danach aussieht, als würde sich das auch in naher Zukunft nicht ändern.

War es zum Beispiel von der Natur nötig, alles so aufwändig zu gestalten? Wäre es nicht völlig ausreichend gewesen, wenn der Mensch nur einmal pro Woche essen müsste, dann von mir aus auch gern mit allem Pipapo? Aber nein, stattdessen bringe ich jeden Tag biodynamische Mahlzeiten für meine Familie auf den Tisch. Beim Kochen und in dieser Sache mit dem Fegen fühle ich mich wie in »Und täglich grüßt das Murmeltier«. Zum Glück muss ich ab und zu wenigstens mit einem neuen Job vom Trott in den Trab fallen.

Gerade wiegt der Wind ein paar Blätter in den dicken Ästen, die Herbstsonne blinzelt durch die Baumkronen. Ich halte beim Kehren inne und schaue kurz nach oben. Stark sehen sie aus, diese Bäume, majestätisch und schön. Ich schaue ins Blättergewirr und atme die würzige Luft ein. Wahrscheinlich ändere ich besser meine Einstellung oder tausche diese Arbeit mit Markus gegen eine andere.

Gerade schlurft Frau Kranz, unsere alte Nachbarin, vorbei. »Da kann man sich dranhalten, nicht wahr? Aber trotzdem gut, dass die Bäume hier sind«, sagt sie. Ich nicke ihr freundlich zu und schiebe den Besen weiter vor mir her.

Ich bin ein Vorbild

Als wir später alle beim Abendessen sitzen, sagt Jonas: »Papa, du rauchst?« Es ist eher eine Feststellung als eine Frage und unser Ältester stellt sie im Tonfall von »Du bist also Mitglied einer terroristischen Vereinigung?«.

Markus raucht zwei Zigaretten im Jahr, vielleicht sind es auch drei. Ein paar Dinge müssen zusammenkommen, damit das passiert: beste Laune, eine Außentemperatur zwischen 20 und 24 Grad und das Angebot eines sympathischen Menschen, während einer lustigen Party mit ihm vor der Tür eine zu quarzen.

Ich erinnere mich, dass diese Bedingungen zuletzt bei Ulrikes Geburtstag erfüllt waren. Ihr Sohn Max war für kurze Zeit auch da. Er geht in Jonas' Klasse. Gerade setzt Markus zur Erläuterung an, während ich in mich hinein seufze.

Mit um die vierzig erwartet unsere Umgebung von uns, dass wir erwachsen sind, Verantwortung übernehmen und Vorbilder für unsere Kinder sind, falls wir welche haben. Falls nicht, merken wir wenigstens nicht, dass wir aus der Sicht von unter Fünfundzwanzigjährigen steinalt sind, und können unkommentiert Converse-Schuhe ohne Schnürsenkel tragen, Mario-Kart spielen und Die Ärzte hören.

Um ein Vorbild zu sein, reichte es für uns einige Zeit, nicht beim Essen in der Nase zu bohren und bei Rot stehen zu bleiben. Leider sind diese paradiesischen Zustände schon seit einiger Zeit vorbei. Andere Autofahrer mit »Fahr doch, du Trottel!« zu verunglimpfen, eine Packung Schokoladenkekse in einem Rutsch aufzuessen und die Füße auf den Tisch zu legen entwickeln sich zum No-Go, wenn wir auf Diskussionen mit Grundtenor »Wieso nicht? Machst du doch auch immer« verzichten wollen.

Sich im eigenen Haus so zusammenzunehmen, strengt an. Es kommt mir auch irgendwie nicht ganz fair vor, nachdem wir uns seit der Geburt der Kinder doch recht ordentlich auf sie eingestellt haben: In der Stillzeit hatte ich zum Beispiel kein respektables Kleidungsstück mehr ohne Milchflecken, wollte eine Zeitlang vor Müdigkeit sterben, opferte für ein zahnloses Grinsen meine Karriere, sprach in vollem Ernst über den besonderen Wert von Biopastinaken, sang im Kreis oberbewusster Spielgruppenmütter, erlebte in einem Süditalienurlaub jeden Sonnenaufgang und liebte unsere Brut bei all dem unbeirrbar.

Entspanne ich mich nach all diesen Anstrengungen endlich mal, schmeiße also auch einfach meine Klamotten auf den Boden, schreie, wenn ich sauer bin, und leere ein Nutellaglas nachts mit einem Esslöffel – dann ist direkt Essig mit der Vorbildfunktion?

Während Markus gerade seine zu retten versucht und über den bewussten Umgang von Genussmitteln aller Art und die negativen Auswirkungen von Nikotin auf das Wachstum des kindlichen Organismus spricht, denke ich: Nehmen uns die Kinder die Rolle als korrekte Vorbildeltern überhaupt ab?

Wahrscheinlich nicht. Jonas sieht jedenfalls gerade nicht danach aus.
Ich warte, bis Markus zu Ende gesprochen hat.

Dann sage ich: »Leute, bleiben wir bei der Wahrheit. Wie ihr schmeißen wir unsere Sachen hin, wenn wir es eilig haben, und werden laut, anstatt normal zu sprechen, wenn uns etwas nicht passt. Wie ihr flunkern wir sogar gelegentlich. Was soll's? Wir gönnen uns alle manchmal eine Ausnahme und machen es dann wieder richtig.«

»Dann darf ich also auch mal rauchen?«, fragt Lenni.

»Vergiss es!«, sagen Markus und ich wie aus einem Mund.

Gewissensfragen

Später liege ich in der heißen Badewanne und denke an unser Gespräch von eben. Unsere Kinder beobachten, was wir tun und wie wir sind.

Bevor ich die drei bekam, hegte ich Vorstellungen, wie gleichbleibend konsequent und gelassen ich als Mutter sein würde. Lächelnd würde ich sagen: »Nein, Anna-Lisa, wir hauen dem kleinen Karl mit Sicherheit keinen Legostein auf den Kopf. Komm, wir machen ein anthroposophisches Brettspiel.« Die aktuelle Wirklichkeit geht allerdings eher in Richtung des Horváth-Zitats: »Ich bin eigentlich ganz anders, komme aber so selten dazu.«

Auch wenn das mit der pädagogischen Milde nicht immer hinhaut und Wutanfälle, Nörgeleien und kleinere Inkonsequenzen gewitterartig auf die drei herniedergehen, sind die Kinder heute eher fröhlich und selbstbewusst.

Ich schütte etwas Warming Eucalyptus Bath & Shower Therapy ins Wasser und schnappe sofort nach Luft. Das Zeug riecht wie ein halber australischer Wald.

O.k., denke ich, als mein Atem wieder normal geht, ich bin ein Vorbild, gut. Mein Einfluss auf die Entwicklung der Kinder scheint allerdings doch nicht so riesig zu sein, wie ich immer annahm. Wenn bei meinem Verhalten also good-enough reicht, was bedeutet das eigentlich für mein Gewissen? Kinder und ein schlechtes Gewissen gehören ja offensichtlich zusammen wie Yin und Yang.

Schon mit der Zeugung des Kindes richtet sich das

schlechte Gewissen gemütlich bei uns ein und hat einen Koffer mit subversiven Fragen im Schlepptau. Meines zischte schon los, als auf dem Schwangerschaftstest zwei Linien leuchteten, und quälte mich mit Fragen wie: »Hast du in der Frühschwangerschaft unwissentlich Martinis getrunken? Kannst du wirklich bald schon wieder arbeiten? Muss dein Kleiner später auf die Couch, weil du so aufbrausend bist?«

Etwas später raunte es: »Ihr müsst jetzt umziehen. Kinder brauchen einen Garten«, und meinte damit: Jeder, der Kinder hat, muss in ein Gebiet ziehen, in dem es zwar einen Wendehammer zum Bobbycar Fahren, aber nicht notwendigerweise einen Bäcker gibt.

Wir grübelten über das Thema nach und hatten dann mit unserem Haus in der Stadt Glück. Nüchtern betrachtet wäre die Rechnung, sich wegen eines schuhschachtelgroßen Hauses mit Bonsaigrünfläche zu verschulden, aber auch nicht aufgegangen.

Der Partner nämlich, der den Kleinen beim Spielen zusieht und mit den Nachbarn alle nasenlang Kaffeetrinken, bzw. Grillen muss, hat irgendwann all die Salzteignamensschilder, all die soziale Kontrolle und den Anblick all der Familienvans so obergründlich satt, dass er nur eines im Sinn hat: die Flucht. Da er sich aber bis zum Sankt Nimmerleinstag das Eigenheim ans Bein gebunden hat, sprich: nicht fliehen kann, mault er verstärkt an seinem Partner herum, sitzt depressiv auf Tupperpartys und beschwert sich, dass er nur noch seinen Kindern beim Leben zusieht, statt selbst eines zu haben. Ich denke an Alexandra, die ihr Eigenheim nach dieser Erfahrung mit ihrem Mann wieder verkaufte und in die Stadt zog: Kleiner Park, Bolzplätze und urbanes Leben.

Ich ziehe mit gespreizten Fingern durch das warme Wasser und tauche kurz unter.

Das Gewissen kam bei mir bald mit einem neuen Thema um die Ecke: »Sei nicht so streng – Kinder und Eltern sollen doch Freunde sein.« Bei Licht betrachtet ist die Sache mit den Kindern und Eltern als Freunde Quatsch. Ich lese diese These zwar immer wieder, aber meist von Müttern, die so aussehen möchten wie ihre Töchter. Einem Freund begegne ich doch auf Augenhöhe, oder? Er würde mir was husten, wenn ich ihm gegenüber den Chef heraushängen lassen würde. Ein Kind hingegen muss ich zwar ernst nehmen, aber ihm auch genau sagen, wo es lang geht. Im Gegensatz zu meinen Freunden findet das Kind das nämlich insgeheim klasse. Ich glaube, es mag festen Halt.

Kaum hatte ich mich in dieser Hinsicht beruhigt, jaulte das schlechte Gewissen: »Aber die Kinder sind doch das Wichtigste in der Familie.« Echt? Viele Frauen unserer Müttergeneration waren immer super im Versorgen: Sie wärmten das Handtuch am Bade-Samstag und servierten Braten am Sonntag. Von ihren Wünschen und Hoffnungen wussten wir Kinder oft rein gar nichts. Das heutige Pendant zu ihnen sind Frauen wie die in der Kaffeebude des Fußballclubs mit der T-Shirt-Aufschrift »Mutter von Marvin«.

Ich lasse heißes Wasser nachlaufen und meinen linken Fuß aus dem Wasser schauen. Über die Jahre habe ich schon begriffen: Auch als Mutter bin ich immer noch ich selbst, auch wenn ich mir in der Babyphase manchmal fremd wie ein Alien vorkam, geschweige denn, dass ich meinen Doppel-D-Still-

Busen als einen Teil von mir wiedererkannt hätte. Jetzt, wo die Kinder älter sind, ist es wirklich nett und spannend, dass wir uns immer besser kennenlernen, und ich wieder ich bin und auch so aussehe.

Gerade erinnere ich mich an einen weiteren Klassiker des schlechten Gewissens aus dieser Zeit: »Nur du weißt, was am besten für dein Kind ist. Gib das nicht aus der Hand!« Leider schloss dieser Satz bei manchen von uns nicht nur Omas, Tagesmütter und Erzieher, sondern sogar den Vater des Kindes aus. Ich fand, dass das ein Fehler war, da wir uns von Männern im Umgang mit Kindern sehr viel abschauen können. Sie sind möglicherweise nicht die Könige der regelmäßigen, vitaminreichen Mahlzeiten und scheinen in der Auswahl von Kinderkleidung mit spontaner Blindheit geschlagen zu sein, aber in der Regel haben sie Spaß mit ihren Sprösslingen. Der Preis, die einzige Expertin fürs Kind zu sein, war mir schon damals zu hoch.

Letztens hat mich das schlechte Gewissen doch wieder gepackt: »Du bist für die Zukunft deiner heranwachsenden Kinder verantwortlich!« Hilfe, ja. Ich will alles tun, damit sie selbstbewusste, freundliche, gebildete und tüchtige Menschen werden. Ich werde ihnen ein Vorbild sein, damit sie sich sozial verhalten, Freude im Leben haben und Drogen jeglicher Art von innen heraus ablehnen. Ich werde versuchen nicht mehr zu lästern, auch mal zu lachen, wenn mir nach fluchen zumute ist, und niemals Joints zu rauchen.

Ich ziehe den Wannenstöpsel. Das Wasser gurgelt leise. Ich steige ein wenig benommen auf die Matte, trockne mich ab und denke: Kannst ja dein Bestes geben, aber entspann dich bloß. Nach all den Jahren weiß ich, dass das schlechte Gewissen oft eine Drama Queen und alles meist halb so wild ist. Gab es da nicht auch ein rheinisches Grundgesetz, das passt? »Et hätt noch immer joot jejange.«

Lauf, Lebensmittefrau, lauf!

Ein paar Tage später, am Samstagmorgen, tue ich mir kurz leid. Während Markus sich in unserem Bett zur Seite rollt, schleiche ich mich auf meinen Hightechlaufschuhen in der Dämmerung aus dem Haus.
Die Frische der Herbstluft entschädigt mich aber sofort. Die Frage bleibt trotzdem: Warum renne ich, statt auszuschlafen?
Während ich zu meinem Treffpunkt mit Sabine am Waldcafé trabe, habe ich Zeit zum Nachdenken. Joggen scheint in der Lebensmitte auf einmal ein großes Thema zu sein. Früher bewegte ich mich beim Schulsport im Park so langsam wie auf dem Mond und versuchte immer den Teil der Runde abzukürzen, den unsere Sportlehrerin nicht sehen konnte. Ich fand das Laufen öde und hatte nach zwei Minuten schon immer fiese Seitenstiche.

Ich verlegte mich damals aufs Laufen auf der Stelle und ging in die lokale Tanzschule, um endlich zu lernen wie in Flashdance rasant von einem Fuß auf den anderen zu springen. Mann, Jennifer Beals war so maniac und unglaublich sexy, nur war ich leider kein Vergleich zu ihr. Irgendetwas stimmte einfach nicht mit meiner Trippelfrequenz. Ich kaufte mir Stulpen und dabei blieb es.

Klar trieb ich damals auch Sport, aber ich wäre nicht auf die Idee gekommen, freiwillig ein paar Stöcke in die Hand zu nehmen, um damit einmal in der Woche in einem Rudel anderer Frauen, den Waldboden rhythmisch aufzustochern oder in Funktions-Outdoorbekleidung im Werte von damals zwei DM-Monatsmieten durch den Wald zu rennen. Geschweige denn, dass ich jemanden verstanden hätte, der an einem Marathonlauf teilnahm.

Nicht so heute. Ich bin ganz offensichtlich nicht die Einzige, die seit ein paar Jahren nicht nur regelmäßig rennt, sondern dabei gelegentlich auch noch die Gesellschaft von ein paar tausend anderen schätzt: Kölner Brückenlauf, Frankfurt Marathon, Hamburger Hafenlauf – Frauen in der Lebensmitte sind da reichlich vertreten. Letztens habe ich gelesen, dass sie beim Volkstriathlon mittlerweile die größte Gruppe stellen.

Ich sehe Sabine schon von weitem. Sie steht auf einem Bein und dehnt ihren Oberschenkel, indem sie ihre Ferse an den Po zieht. Sie winkt mit der freien Hand. Wenig später joggen wir zusammen durch den Wald. Es duftet nach Kiefernnadeln. Zwei Eichhörnchen jagen mit federleichten Sprüngen über den Waldboden.

»Was ist da eigentlich los?«, frage ich Sabine und denke noch einmal an all diese Massenereignisse. »Ein bisschen Powerplate im Nebenraum des Fitnessclubs würde es ja auch tun. Wieso wollen wir bei diesen Sportevents dabei sein?«
Sabine springt über eine Wurzel. »Wahrscheinlich suchen wir einfach nach neuen, übersichtlichen Zielen.«

Ich betrachte sie von der Seite. »Vielleicht wissen wir einfach, wie dynamisch und sexy uns dieses Elastan-Zeug aussehen lässt.«

»Auf jeden Fall tun wir es für ein gutes Körpergefühl. Seit ich vierzig bin, lasse ich keine Gelegenheit aus, an eins heranzukommen.«
Wir joggen weiter. Ein paar alte Herren bleiben auf

ihrem Weg stehen und rufen freundlich: »Hopp, hopp, hopp.«

Sabine grinst und setzt über eine Pfütze. »Oder vielleicht nur, weil wir nie wieder so einfach an ein jubelndes Publikum kommen.«

Alles nur Deko

Nachmittags radele ich mit Sabine zu Marion, einer Bekannten von uns, die uns zum Frauenkaffeeklatsch in ihr Designerhaus Typ offenes Wohnen eingeladen hat. Die Geräuschkulisse ist enorm, als Marion uns mit einer herzlichen Umarmung an der Tür empfängt. Wir bedanken uns artig, überreichen unser Buchgeschenk und schauen uns um: Schnatternde mittelalte Damen auf erlesenen Möbeln, wohin das Auge reicht.

Manche Frauen entwickeln sich zur Lebensmitte hin zu professionellen Dekorateurinnen und Marion gehört dazu. Ihr Haus verändert sich nach den Jahreszeiten oder vielleicht auch nach ihrer Stimmung. So ganz habe ich das bisher nicht durchschaut. Jedenfalls zupft sie an Gegenständen, Blumen, Kissen und Kerzen herum und arrangiert sie mit einer Stilsicherheit und Entschlossenheit, die jede Elle-Dekoration-Redakteurin beeindrucken müsste. Manchmal streicht sie in den Tönen der Saison ihre Wände neu und immer legt sie Coffeetable-Books aus.

Ich vermute, dass sie in ihren Zwanzigern nicht auf eine einzige solche Idee gekommen wäre. Was ist geschehen? Und vor allem: Warum schüchtern mich Dekofrauen wie Marion, egal wie nett sie sind, eigentlich immer ein bisschen ein?

Sabine und ich stehen wenig später an der blank polierten Kochinsel und halten ein Prosecco-Glas in der Hand. Vor uns wartet ein versunkener Apfelkuchen auf einer Glasplatte. Bisher hat ihn noch keiner angerührt.

»Wann ging das mit diesem perfekten Einrichten und Dekorieren eigentlich los?«

Sabine zuckt mit den Achseln. »Seit die Kinder nicht mehr so klein sind, dass sie alles sofort zu Boden reißen? Seit Frauen, die sich hauptsächlich um ihre Kinder gekümmert haben, mehr Leerlauf haben? Seit genug Geld für so etwas da ist? Seit Status auf einmal wichtiger ist, als am See zu liegen und Erdbeeren zu essen? Seit es einfacher geworden ist, das Haus zu verschönern als sich selbst? Seit Schönheit uns vermittelt: Alles ist gut?«

Vermutlich hat Sabine recht und es ist von allem ein bisschen. Und was ist mit uns anderen? Ich denke an unser Haus und daran, dass es mir alles andere als egal ist, wie es darin aussieht. Während ich klare Formen, Holz und warme Farben mag, überfordert es mich nur regelmäßig, zur richtigen Zeit Hasen, Hagebutten, Kürbisse und Mistelzweige auszustellen.

Aber warum verunsichern mich Dekofrauen dann eigentlich? Schließlich tun sie im Wesentlichen nichts anderes als ich: Die eigene Bude nach ihrem Geschmack gestalten. O.k., vielleicht mit dem zwanzigfachen Zeit- und Materialaufwand, aber sonst?

Mein Gefühl sagt mir, dass sie mir einen Schritt voraus sind. Sie wissen möglicherweise, wie man seinem Alter entsprechend ein Wohnzimmer dekoriert, und wirken dabei oft auch noch ernsthaft und souverän. Sie scheinen außerdem alle geheimes Wissen aus einem Buch der Inneneinrichtung-Do's-and-Don'ts zu schöpfen, während ich im Herzen noch immer die Studentin mit dem Ikea-Bilderrahmen bin.

Ich will Sabine gerade antworten, als Marion mit einem Kleiderbügellächeln auf uns zukommt. »Seht mal, die habe ich gerade von Angela, Brigitte und

Evelyn bekommen!« Sie platzt fast vor Stolz auf zwei bestickte Seidenkissen in Ochsenblutrot. »Passen die nicht super zu meiner neuen Wand?«

In diesem Moment geht es mir auf: So wie ich mich für gebundene Notizbücher, handgeschöpfte Papiere und Papeterie-Firlefanz begeistere, entflammen manche Frauen eben für Deko.

Nachdem Marion mit ihren Kissen wieder in Richtung Wohnzimmer abgezogen ist, sage ich zu Sabine: »Weißt du was? Ich denke, das ganze ernsthafte So-dekoriert-man-stilsicher kann man vergessen. Reine Fassade. Sobald die Tür hinter uns zufällt, tanzt jede dieser Frauen wahrscheinlich ein Freudentänzchen, weil ihnen ihre neue Bodenvase so gut gefällt. Sie wirken seriöser und erwachsener, als sie sind, weil sie denken, ein Dauergrinsen wegen eines neuen Deko-Objektes passe nicht zu ihrem Alter.«

»So wird es sein.« Sabine nickt und schneidet endlich den Apfelkuchen an.

Shopping ist auch (k)eine Lösung

Wir schlendern ins Wohnzimmer und setzen uns auf eines der weißen Stoffsofas, das mit der Farbe bei uns zu Hause nicht einen halben Tag durchhalten würde. Zwei in Chiffonblüschen und Bleistiftrock gekleidete, sorgfältig geschminkte und ausgiebig dekorierte Damen neben uns plaudern miteinander. Sie sitzen sehr gerade und haben ihre Beine mit den High Heels eng aneinander gestellt und zur Seite gelehnt. Ab und zu verirren sich ein paar Wörter aus ihrer Unterhaltung zu uns: »Kids bei der Oma«, »gestern ...Düsseldorf«, »Kö...traumhaft... Boulevardatmosphäre«, »Lunch«, »süße Peeptoes«, »Shopping«.

Wenn ich die Wörter Shopping, Lunch und Kids in einer Unterhaltung höre, die nicht in New York, sondern in Neuss stattfindet, zeigen sich bei mir sofort Symptome einer Wortintoleranz wie Unruhe und Übelkeit.

Susanne, die gerade ins Wohnzimmer kommt, lenkt mich ab. In ihrer Jeans und einer schlichten Tunika geht sie fröhlich auf uns zu und setzt sich. »Hey, ihr Süßen, wie geht's?«
Die Dekodamen sind bereits aufgestanden, um ihr Platz zu machen und sich Marions neues Badezimmer zeigen zu lassen.

Wenn ich mir diese Ladys, meine Freundinnen oder ein paar Bekannte anschaue, dann stelle ich fest: Klamotten sind doch in der Lebensmitte ein interessantes Statement. Im Gegensatz zur Generation meines Ältesten, in der alle Jungs die gleiche Schüttelfrisur und alle Mädchen die gleichen Sachen tragen, scheint um die vierzig tatsächlich alles drin zu sein. Manche Frauen sehen

so aus, als wären sie selbst beim Hundeausführen auf dem Sprung in die Oper, und für andere scheint das Kapitel »Meine weibliche Ausstrahlung« bereits für die Ewigkeit geschlossen.
Es gibt die mit dem »Seht her«- oder die mit »Seht auf keinen Fall her«-Stil. Die Wilden signalisieren mit Schulterpolstern und toupierter Rauschemähne »I had the time of my life« in den Achtzigern. Die Tantenhaften mit ihren ungetuschten Wimpern, Grobstrickpullundern und Freizeitschuhen scheinen hingegen zu sagen »Vorsicht! Ich bin vielleicht genauso langweilig, wie ich aussehe« – was allerdings gewaltig täuschen kann.
Ich denke an die Coolen, die Konservativen, die Sportlichen, die Stilbewussten, die Trutschigen, die, die irgendetwas anziehen, was sie warm und trocken hält, und natürlich an die mit dem Statement: »Ja, ich bin eine Frau – selbstbewusst und lässig.«
Zu denen würde ich mich zählen, wenn ich mich entscheiden müsste, wobei ich nicht mit Sicherheit weiß, ob irgendwer diese Botschaft entschlüsseln kann, wenn er mich ansieht.
Fast alle Frauen, die mir eben in den Sinn kamen, müssen, diversen Berichten und Gesprächen zufolge, Shoppen lieben. Frauen plus Schokolade, Schuhe und Shopping scheinen in der öffentlichen Wahrnehmung fast zwingend eine Kombination zu sein. Eine Frau, die ultimative Weiblichkeit ausstrahlen will, behauptet am besten, sie habe eine Schwäche für Schuhe und einen begehbaren Schrank in der Größe einer Turnhalle.
Wahrscheinlich stapeln sich Schuhe darin, in denen man dekorativ herumstehen, aber nicht mal laufen kann. Ist das weiblich oder doof?
»Wann ward ihr das letzte Mal …shoppen?«, frage ich Susanne und Sabine. Das Wort kommt mir nur schwer über die Lippen.
»Vor einer Woche, aber es war kein Spaß. Dieses

Herumstreunen, Anregen lassen und dann Zuschlagen ist nur super, wenn einen nicht dauernd der Verdacht beschleicht, das passe doch alles eher zu einer Zwanzigjährigen als zu mir.«
»Im Sommer finde ich das aber noch viel schlimmer. All diese kurzen Röckchen, ärmellosen Tops und Neckholderkleidchen – sehr süß, aber die kann ich schon mal abhaken«, sagt Sabine, über deren tadellosen Oberarme sich eigentlich nicht meckern lässt.
»Quatsch. Es gab doch schon immer Klamotten, die suboptimal waren. Das hat doch etwas mit der Figur zu tun und nicht nur mit unserem Alter. Das letzte Mal, als ich einen sehr kurzen Rock trug, war ich vier.« So allmählich geht mir das hier mit meiner Lebensmitte als Sündenbock für alles auf den Wecker.
»Und Shopping«, fahre ich fort, »was ist denn das für eine Freizeitbeschäftigung? Wieso gilt es nicht als aufregend weiblich, Bücher zu lesen?«
»Du kannst ja beides machen.« Susanne grinst friedfertig. »Und außerdem, beim Shoppen schwingt einfach mehr als beim zielgerichteten Einkaufen. Du stöberst herum und verliebst dich in ein Teil...«
»...das du zu Hause in den Schrank hängst, wo es dann nie wieder das Tageslicht sieht, weil du in deiner Euphorie vergessen hast, dich darin auch mal von hinten anzusehen. Nee, beim Klamottenkauf muss man auch ein bisschen sachlich bleiben«, werfe ich ein.
»Das ist so was von uninspiriert.« Susanne schiebt ein schweres Coffeetable-Book zur Seite, um ihre Teetasse abzustellen.

Ich wechsele das Thema: »Wusstet ihr, dass eine Frau mit Stil immer nur acht sichtbare Teile am Körper trägt und das inklusive Schmuck?«
»Na, da haben sich die Damen von eben aber mächtig verzählt«, sagt Sabine und lacht.

Liebe Wahlverwandte

Ich will noch mit Markus und den Kindern ins Kino, verabschiede mich von der Gastgeberin und meinen Freundinnen und radele von Marions Kaffeeklatsch durch die stillen Straßen nach Hause. Es gibt eine Menge, auf das ich in der Lebensmitte notfalls verzichten kann, denke ich. Gucci-Taschen, Bücher von Coelho und ein Chalet in der Schweiz gehören dazu, gute Freundinnen definitiv nicht.

Nachdem Freundschaften die Familie der Neunziger wurden, glaube ich, dass es sich eine Frau auch heute durchaus leisten kann, keinen Kerl an ihrer Seite zu haben, aber auf keinen Fall, ohne Wahlverwandte dazustehen. Freundschaften sind vielleicht nicht direkt wichtiger als eine Liebe zu einem Mann und auch nicht zu einer Familie, aber sie sind auf jeden Fall notwendiger, besonders wenn sich die eine große Liebe nicht ergeben oder schon wieder verabschiedet hat.

Das Gute an tiefen Freundschaften in der Lebensmitte ist, dass sie nicht nur einen Heidenspaß und Anregung bringen, sondern dass Freundinnen sich großartig finden, egal, ob sie langsam Schlupflider bekommen, auf einmal in eine dreihundert Kilometer weit entfernte Stadt ziehen müssen oder auf einer Party den falschen Mann geküsst haben.

Während ich gemütlich in die Pedalen meines Stadtrads trete, freue ich mich schon auf mein nächstes Frauenwochenende, auch wenn bis dahin noch Zeit ist. Manche Bekannte schauen uns mit großen Augen an, wenn wir davon erzählen. Sie können sich entweder nicht vorstellen, ohne ihren Mann und ihre Kinder unterwegs zu sein oder sie haben keine Freundin, die mitfahren würde.

Ich halte an einer Ampel.
Was macht eigentlich eine echte Freundschaft aus? In Zeiten von Sozialen Netzwerken, in denen jeder im Durchschnitt um die 10.000 Freunde hat, eine nicht uninteressante Frage und eine, über die ich letztens lange mit Jonas gesprochen habe.

Die Ampel schaltet auf Grün – gleich bin ich zu Hause. Gut so, es ist saukalt und ziemlich dunkel. Mein Fahrradlicht funzelt matt. Ich versuche, mich an unsere Antworten zu erinnern:

Während in Jonas' Alter einfach Sympathie, ähnliche Interessen und Loyalität zählen, wird es in der Lebensmitte schon etwas komplexer. Als Freunde teilen wir mehr Themen miteinander als den Winterschlussverkauf oder die Schulerlebnisse der Kinder. Wir tun gerne Dinge gemeinsam, so etwas wie Sport, Hula-Hoop-tanzen, kochen, singen, die Wohnung entrümpeln, verreisen oder über Bücher und Musik reden.

Wir können uns die Wahrheit sagen und haben einen ziemlich ähnlichen Humor. Wir vertrauen uns gegenseitig Dinge an und behalten sie für uns. Wir fühlen uns verstanden und nach einem Treffen miteinander besser oder mindestens so gut wie vorher.

Wir freuen uns mit der anderen und haben ein ehrliches Interesse an unserer Freundschaft. Meist kennen wir uns schon lange, obwohl es auch Freundschaft auf den ersten Blick gibt.

Wir fragen nach, hören intensiv zu und fiebern mit. Wir haben auch schon mal eine Krise überstanden. Wir wissen, dass es unserer Freundschaft keinerlei Abbruch tut, wenn wir uns längere Zeit nicht sehen können, und dass es wieder wie gestern sein wird, wenn es soweit ist.

Ich biege um die Ecke und rolle langsam die Garageneinfahrt runter.
Leider ist klar, dass manche Freundschaften diesen Kriterien nicht standhalten, möglicherweise sind sie einfach nur gute Bekanntschaften. Andere Freundschaften zerbrechen vielleicht irgendwann wie eine geliebte alte Porzellankanne, ein Erbstück der Großmutter. Wenn das passiert, kann es sich anfühlen wie die Trauer um jemanden, der gestorben ist.

Ich weiß noch, wie ich mit achtzehn meine Freundin Valerie an die Tatsache verlor, dass ich unsterblich verliebt war. In dem Maß, in dem ich schwebte, sanken Valeries hübsche Mundwinkel gen Boden. Unsere langjährige Freundschaft löste sich in Luft auf und ich konnte mir so gar keinen Reim darauf machen. »Was ist mit uns?«, fragte ich sie und sie antwortete: »Du bist verliebt und ich nicht. Ich kann das nicht ertragen.«

Während ich versuche, in unserer mit Gartenutensilien, Fahrrädern, Skate- und Waveboard vollgestellten Garage einen Platz für mein Rad zu schaffen, denke ich, was für ein selbstsüchtiges Biest sie war. Valerie gehörte zu diesen Königinnen, die so gut wie jede von uns kennt: Super-in und anziehend, aber auch hochgefährlich für die Mädchen, die lieber nicht zum Hofstaat gehören möchten oder keine Zeit für Frondienste haben.

Ich verdanke es Sabine, dass ich einigermaßen unbeschadet aus dieser Zeit hervorging. Sie rettete mich mit mitternächtlichen Endlostelefonaten, als mich kurz darauf auch noch der Typ verließ und ich manchmal den Wunsch verspürte, mir eine sprunggeeignete Rheinbrücke zu suchen.

Ja, so war es. Ich quetsche mein Fahrrad gegen das von Markus und schließe mit Schwung das Tor. Leider verletzen uns Menschen, leider haben auch wir schon Menschen verletzt. Meine Freundschaften heute kann jedenfalls kaum noch etwas erschüttern.
Ich laufe zum Haus, als Hanna und Jonas mir schon entgegenkommen. »Da bist du ja, Mama. Der Film fängt gleich an.«
Meine Freundinnen und meine Familie. Das Leben behandelt mich gerade ausgezeichnet.

Kritische Körpergefühle

Ein paar Wochen sind verstrichen. Es ist sieben Uhr morgens. Ich stehe im Bad, schaue in den Spiegel und frage mich, warum ich an einem stinknormalen Dienstag aussehe, als hätte ich gestern einen Liter Whiskey gesoffen und danach in einer Kneipe etwa zwei Stunden mit dem Kopf auf dem Tisch geschlafen.

Nach den tatsächlichen sieben Stunden im durchlüfteten Schlafzimmer und einer Flasche Mineralwasser sehen meine zerknitterten Gesichtszüge jedenfalls nicht aus. Ich befürchte, dass es etwa zwei Stunden dauern wird, bis ich wieder einigermaßen glatt bin.

In der Silvesternacht vor ein paar Tagen lag ich nach unserer Party bei Sabine auf einem Kissen mit Prägung. Den ganzen ersten Tag dieses Jahres verbrachte ich daraufhin mit einem raffinierten Karomuster im Gesicht. Mein Unterhautfettgewebe: ein unzuverlässiger Schweinehund.

Ich schaue an mir herunter. Meine Konturen sind noch ganz definiert – ein tolles Wort, das ich mal in Men's Health aufgeschnappt habe. Die Taille ist vielleicht etwas fülliger als vor Weihnachten oder damals, als ich noch jung war. Mein rechter Oberschenkel erinnert außerdem an die Landkarte des Amazonasgebietes. Himmel, wie viele Adern braucht so ein Bein eigentlich?

Ich denke nach. Frauen sind ja angeblich sehr großzügig mit kritischen Kommentaren und Gefühlen sich selbst gegenüber. Jetzt in der Lebensmitte kommt noch eine neue Dimension hinzu: Wir wissen, dass auch ein Körperkrisen-Interventionsprogramm den

Abwärtstrend nicht aufhalten wird. Manche von uns suchen deshalb mittlerweile reflexartig Zuflucht bei ästhetischen Chirurgen, die ihnen dann kurzfristig die Falten und sich selbst das Konto aufpolstern.

Ob nun mit Botox oder ohne: Bald wird trotzdem ein Ensemble aus garstigen Wörtern wie Falten, Pigmentflecken, Krähenfüße und Besenreiser unsere Körper beschreiben. Weder die Beleuchtung in Kaufhausumkleidekabinen noch das helle Sonnenlicht Mallorcas werden unsere Freunde sein.

Ich schaue mich weiter im Spiegel an. Ist das eigentlich wirklich so schlimm? Ja! Sollte mir der Gedanke nicht eigentlich helfen, dass auch jede jetzt junge und straffe Göttin über kurz oder lang alt und schrumpelig wird? Schon, aber das hilft mir in Momenten wie diesen, in denen ich mich alt und ein bisschen schrumpelig fühle, herzlich wenig. Ich seufze, ziehe mich an und setze mich in meinem Büro an den Schreibtisch, um zu arbeiten.

Abends treffen Susanne und ich uns in der 90-Grad-Sauna der Thai Spa & Therme. Mein Silberkettchen brennt auf der Haut und das Atmen fällt mir schwer. Ein junger Typ, wahrscheinlich Sportstudent, mit einem karierten Handtuch um die Lenden, stößt die schwere Holztür auf, betritt den holzvertäfelten Raum und schließt die Tür. Er nimmt eine Kelle in die eine Hand und hält ein Frotteetuch in der anderen: »Hallo Leute, ich bin Lars. Ich bin heute euer Saunameister und habe einen Latschenkiefer-Zitronen-Aufguss mitgebracht«, sagt er zu den schweigend Schwitzenden. Die meisten von ihnen sehen blutjung aus.

Lars lässt ein wenig frische Luft in den Raum

strömen. Durch die nun geöffnete Tür schlüpft eine Sanduhrenschönheit auf den letzten freien Platz.
»Wenn's gleich zur großen Pause klingelt, sind wir allein«, flüstert Susanne.

Ich muss lachen, werde aber mit Blicken zum Schweigen gebracht. Saunieren ist eine sehr ernste und vor allem leise Angelegenheit. Ich schaue mir die knackigen Körper an und stütze ein wenig frustriert das Kinn auf meinen Knien ab.

Lars taucht jetzt die Holzkelle in den Saunakübel und schüttet portionsweise das Wasser mit dem Latschenkiefer-Zitronen-Aroma auf die Ofensteine.
»Jetzt kommt der Gluthauch. Die Finnen nennen ihn auch Löyly«, erklärt er.

Er läuft langsam auf und ab, wobei er durch rotierende Bewegungen mit seinem Tuch die Luft in der Sauna verteilt. Hilfe, es wird noch heißer. Einige stöhnen. Auf Lars' glatter Haut glänzt der Schweiß. Der Duft der Sauna-Essenz beißt in meiner Nase.

Um mich abzulenken, schaue ich zu, wie die Frau mit den braunen Augen mir gegenüber ihre Füßchen gerade weit von sich auf den Holzboden stellt und ihre langen Beine ausstreckt. Im Vergleich zu ihr schneide ich optisch nicht gerade umwerfend ab.

Lars wiederholt seine Prozedur mit Schütten und Fächeln noch zwei Mal, dann hält er inne.
»Danke, Leute, für eure Aufmerksamkeit. Bleibt noch hier. Entspannt euch einfach – es gibt jetzt nichts mehr zu tun.«

Mit dem Entspannen wird es bei mir offensichtlich

Zeit. Schluss jetzt mit diesen Vergleichen, denke ich. Außer dem Körper gibt es ja nun auch noch ein bisschen mehr, was uns Menschen ausmacht. Charakter, Lebenserfahrung, Tiefe, Reife – und die hatten bei mir definitiv mehr Zeit sich zu entwickeln, als bei Bambi hier gegenüber.

Gerade verneigt Lars sich knapp. Die Session ist beendet und der Meister verlässt die immer noch glühend heiße Sauna. Ich richte mich fast ein wenig beschämt wieder auf: Ich bin gesund und kann gut angezogen noch leidlich aussehen, bis ich in die Kiste sinke. Meine Seele kann sogar zeitlos schön sein, wenn ich mir ein bisschen Mühe gebe.

Susanne stupst mich an und flüstert kurzatmig von der Hitze: »Lars irrt sich. Es gibt doch noch was zu tun. Raus hier!«

Nur 48 Stunden (auf Diät)

Meine neu entdeckte Selbstakzeptanz hält drei Tage. Danach stehe ich in der Bankfiliale in einer Schlange und fühle mich nicht so richtig wohl in meiner Haut, weil meine Jeans am Bund auch schon mal weiter saß.

Es kann verdammt schwierig sein, seinen Körper o.k. zu finden, wenn um einen herum ein beliebter weiblicher Sport Selbsthass heißt. In jeder x-beliebigen Damenumkleide oder am Buffet eines jeden Festes schallen Varianten von Ich-bin-zu-dick von den Wänden.

Leider sind diese vier Wörter, wenn sie nicht völlig sachlich und emotionslos eine Tatsache beschreiben, nicht nur selbstzerstörerisch, sondern stürzen auch alle, die sie hören, in große Unsicherheit. Wie soll das Umfeld reagieren? Sollen Menschen, die das hören, sagen »Stimmt, du bist echt fett«, »Geh dahin, wo der Pfeffer wächst. Wenn du dich selbst schon doof findest, was glaubst du, was ich tue?«, »Du tust mir leid, diese Oberschenkel sind aber auch ein Fluch« oder lieber »Nein, du bist schlanker als eine Zaunlatte, aber schau dir doch mal meinen Bauch an: Ich bin ein Fass!«?

Die Kundin vor mir diskutiert noch immer mit dem Bankmann. Ich greife zu einer der Zeitschriften, die auf einem kleinen Tisch unter einem Schild mit der Aufschrift »Wartebereich« liegen. Es ist ein Fitnessmagazin. Ich blättere und bleibe an einem Artikel mit der Überschrift »Zwei Kilo in 48 Stunden« hängen. Gaby F., vierundvierzig Jahre, Bürokauffrau aus Aschaffenburg, zeigt auf ein paar Fotos, wie's geht. Sie sieht neben all den Luxuskörpern auf den Seiten davor sehr normal aus. Mit Befriedigung stelle ich fest, dass sie ungefähr zehn Kilo schwerer ist als ich.

In der Lebensmitte scheint es ja so zu sein, dass wir zwar spielend leicht zunehmen, aber von nun an um jedes verlorene Gramm kämpfen müssen, so wie Bruce Willis um das Bestehen der Welt.

Ich kenne Frauen, die deshalb immer wieder bei den Weight-Watchers Kopfrechnen, einige davon um ein Uhu – unter hundert Kilo – zu werden. Es gibt welche, die ab siebzehn Uhr nichts mehr essen, und andere, die sich seit Jahren bestimmte Lebensmittel komplett versagen, weil es ihre zulässige Tageskaloriensumme überschreiten würde.

Nichts davon funktioniert langfristig wirklich beeindruckend. All diese Frauen sind genauso dick oder dünn wie all die anderen, die sich einen Teufel um Fettwerte scheren und den BMI für eine Tochtergesellschaft von BMW halten.

Ich bin endlich an der Reihe, verlasse wenig später die Bank und kaufe mir auf dem Rückweg die Fitnesszeitschrift. Achtundvierzig Stunden halte ich schon durch und zwei Kilo weniger sind schon ein passabler Start.

Meine Diätbemühungen der Vergangenheit waren bemitleidenswert. Ich liebe Salat, Gemüse, Obst, Fisch und Vollkornbrot, aber leider auch Schokolade, Lasagne und Käse. Als ich zwanzig war, geriet ein damaliger Kumpel von mir in die Fänge eines sektenähnlichen Diätprogramms. Ob mich nun das Konzept oder sein leicht fanatischer Blick faszinierten, weiß ich nicht mehr. Ich stieg jedenfalls für einen Monat ein, löste täglich Pülverchen in Wasser auf und aß ansonsten so gut wie nichts. Vier Wochen später war mein Konto leer und mich sah man kaum noch. Nach weiteren dreißig Tagen verstand ich, was es nun genau mit dem Jo-Jo-Effekt auf sich hat.

Die nächste Heilsversprechung hieß Fit for life. Um es kurz zu machen: Diese Methode beruht im Wesentlichen darauf, diszipliniert Früchte und Gemüse zu essen. Die Sache ging auch nicht besser aus.

Was mich beim Abnehmenwollen bis heute nervt, ist der ständige Gedanke an Essen, Nichtessen, Nicht-dies-sondern-besser-das-essen.

Zu Hause schlage ich das Heft auf und schaue mir die Superdiät etwas genauer an. Lenni kommt dazu. Er schiebt meinen Stuhl nach hinten, um auf meinen Schoss zu klettern, und betrachtet Gaby F. auf ihrem Fahrrad und vor einer Schüssel Quark.
»Willst du das machen, Mama?«
»Ja, wegen Weihnachten«, antworte ich knapp und kraule ihm den weichen Nacken. Kindern soll man ja auf keinen Fall das Gefühl vermitteln, nur schlanke Körper seien schön. Lenni kuschelt sich an mich. Der Kerl ist dünn wie ein Hering.
»Ich finde dich sehr gemütlich.«

Gemütlich? Das gibt endgültig den Ausschlag. Als Lenni in Richtung Trampolin verschwindet, beginne ich den Einkaufszettel und den Sportplan für die zwei Tage zu schreiben. Die Angaben für die Menge Lachs, Spinat, Zitrone, Steak, Erdbeeren, Quark, Harzer Käse, Kräuter und Salat sind grammgenau. Dazu soll ich eine Stunde Laufen und neunzig Minuten Radfahren, ein paar Entspannungsübungen machen und mehr schlafen als sonst. Das Ganze erscheint mir nicht dumm.

Wenn ich die Zeit, die das alles inklusive Schnippeln und Kochen kostet, zu meinem normalen Tagespensum dazu addiere, bleibt mir kaum eine Minute, um meine Schränke nach etwas Süßem abzusuchen.

Die meisten Diäten und Programme gehen völlig am Problem vorbei. Sie setzen letztlich doch immer genau das voraus, woran es ihrer Zielgruppe gerade fehlt: Selbstbeherrschung. Hinzu kommt, wenn ich ein Ziel habe, tue ich eigentlich etwas, um es zu erreichen. Beim Abnehmen ist es genau anders herum: Ich muss etwas lassen und dabei auch noch hinnehmen, dass zwischen diesem Verzicht und seiner Wirkung unendlich viel Zeit verstreicht. Dem kommt die 48-Stunden-Diät definitiv entgegen. Sie ist nicht nur sehr zielorientiert, sondern geht angeblich ganz schön schnell.

Die nächsten zwei Tage sind weniger hart als erwartet. Nach den sechzig Minuten Laufen am zweiten Tag bin ich allerdings so müde, dass ich nicht mal mehr Lust habe, den Lachs auf seinem Spinatbett in den Ofen zu schieben. Abends falle ich ohne Entspannungsübung wie eine Tote ins Bett.

Als ich am dritten Tag morgens auf die Waage steige, bin ich trotzdem überrascht. Zwei Kilo sind weg und wenn ich an mir herunterschaue, sehe ich meinen kompletten Fuß, ohne den Bauch einzuziehen.

Fragt sich nur, wie ich das Gewicht jetzt auch halte. Es gibt da verschiedene Diätalternativen, die ich kenne. Sabine schwört auf Hausentrümpeln. Nach einer Feng-Shui-Expertin verschwinden die Kilos mit dem Hausstand. Ich bin eher skeptisch. Ich habe zwar auch schon tagelang in meinem Büro Unterlagen sortiert, an einen dramatischen Gewichtsverlust erinnere ich mich dabei allerdings nicht.

Verlieben ist natürlich eine sehr effektive Möglichkeit, da man in Zeiten des Verknalltseins Kilos schmeißt wie nix. Wenn das Objekt meiner Begierde allerdings nicht Markus ist, bin ich danach zwar dünn, habe aber möglicherweise ganz andere Probleme.
Eine ausgezeichnete Sache, um ordentlich abzunehmen sind Magen-Darmgrippen oder fiese Erkältungen. Beide sind allerdings weder planbar noch besonders erfreulich.

Ziemlich angenehm klang auf den ersten Blick dagegen das Prinzip Schlankwünschen, bei dem man das eigene Unterbewusstsein mit Sätzen wie »Ich wiege fünfundfünfzig Kilo« regelmäßig so lang bespricht, bis der Körper dem Geist folgt. Leider kenne ich keinen lebenden Beweis dafür, dass es klappt, und habe selbst schon am zweiten Tag angefangen, mir nichts anderes mehr zu sagen als: »Was machst du hier eigentlich?« An mangelnder Disziplin wie bei diesem Versuch scheiterte auch das Führen eines gnadenlos ehrlichen Ernährungstagebuches, auf das etwa neunzig Prozent aller Diätexperten bauen.

Während ich in meine Jeans schlüpfe und den Gürtel sehr locker schließen kann, erinnere ich mich wieder an eine Ayurveda-Kur, die ich vor Jahren einmal gemacht habe. Dort gab es zu jeder Mahlzeit die Geschmacksrichtungen süß, sauer, scharf und bitter und literweise heißes Wasser. Dummerweise nahm die ganze Vorbereitung im Alltag danach zwei Stunden fürs Kochen in Anspruch, nicht eingerechnet der Einkauf indischer Gewürze in abgelegenen Asia-Läden. Mich nervte außerdem schon nach einer Woche das heiße Wasser und nach einer Portion Ghee, einer Art Butterfett, wollte ich mich schon während der Kur nur noch auf den Teppich mit den Maharishi-Symbolen übergeben.

Egal. Gerade fühle ich mich wunderbar. Ich laufe ins Wohnzimmer, trenne die Seiten mit Gaby F. aus der Zeitschrift und pinne sie für schwere Zeiten an meine Magnetwand.

Schön nicht mehr, aber schon noch attraktiv

Nach meiner 48-Stunden-Diät geht es mir blendend, auch wenn ich möglicherweise die Einzige bin, die irgendeine Veränderung bemerkt hat. Wahrscheinlich haben diese fehlenden zwei Kilo den gleichen Effekt wie Dessous: Du fühlst dich einfach anziehender, selbst wenn du darüber eine Cargohose und ein verwaschenes T-Shirt trägst.

Gerade stehe ich vor unserer Verkleidungskiste und sondiere meine Möglichkeiten. In ein paar Tagen beginnt der Karneval und da ist Attraktivsein ein Thema. Viele Frauen um die vierzig werden nicht müde, zu behaupten, sie wollten nur für sich selbst attraktiv sein. Das ist natürlich eine Lüge. Kein Mensch will nur für sich allein zwanzig Zentimeter dünnere Oberschenkel, Apfelbrüste und einen Bauch wie ein Model haben. Schön, vielleicht würde man vor dem Spiegel denken: Mensch, was hab ich nur für wundervoll schlanke Beine und dieses Dekolleté – zum Anbeißen. Aber dann, nach ein paar selbstverliebten Minuten, würde man sich eine sehr figurbetonte Hose anziehen und losgehen, um jemanden zu beeindrucken. Das Tolle am Attraktivsein ist, dass andere einen attraktiv finden, basta.

Aber wie funktioniert das? Das Knifflige ist ja, dass die Schwerkraft keine Ausnahme für mich machen wird und mein Bindegewebe weder auf Sport noch auf Willenskraft zufriedenstellend reagiert.

Hat die Antwort nun doch etwas mit einer Batterie an Produkten im dreistelligen Eurobereich oder einer chirurgischen Klinik mit Schwerpunkt kosmetische Augenlidstraffung zu tun?

Ich ziehe mein Piratinnen-Standard-Equipment aus der Kiste und streite mich mit Lenni um den Gummisäbel. Er zieht den Kürzeren, als Mafiosi muss ihm unser Knarrensortiment reichen.
An Weiberfastnacht gehe ich mit einem Schwung Freundinnen in eine kölsche Kneipe. Keine Ahnung, warum, aber ich habe wirklich sehr miese Laune. Mein Selbstbewusstsein konvergiert gegen Null, die Musik geht mir auf den Wecker. Ich betrachte missmutig die tosende Menge um mich herum. Die Männer in meiner unmittelbaren Umgebung halten derweil Ausschau nach im Takt von super-jeile-zick-wippenden Krankenschwestern, Teufelinnen und Engeln. An einer mittelalten Frau mit Augenklappe wie mir besteht in etwa so viel Interesse wie an einem Glas warmen Apfelwein.

Ein paar Tage später starten Sabine, Susanne und ich nach dem Rosenmontagszug noch einmal in einem anderen Laden einen Versuch. Meine Verkleidung ist ähnlich, nur habe ich diesmal eine Spitzenlaune. Ich fühle mich fantastisch und strahle wie ein Scheinwerfer vor mich hin. Angezogen vom Licht scharwenzeln bald ein Wikinger, ein Braunbär und ein Kapitän um mich herum, geben mir ein Kölsch nach dem anderen aus und verteilen großzügig ihre Komplimente.

Nun ist es zugegebenermaßen kein so großes Kunststück im Kölner Karneval mit wildfremden Männern bruderschaftsähnliche Szenen zu erleben, heftig zu flirten und realitätsferne Schmeicheleien abzukassieren. Der Unterschied zwischen den beiden Abenden ist trotzdem so groß wie der Grand Canyon.

Ich schreie Sabine, die als Rotkäppchen verkleidet ist und gerade mit einem sehr männlichen Sheriff laut bei

»Du bes Kölle« mitsingt, ins Ohr: »Donnerstag werde ich komplett ignoriert, heute rennen sie mir die Bude ein. Ist doch komisch.«
»Liebschen, wann verstehst du es endlich? Nicht dein Aussehen, sondern deine Ausstrahlung und dein Selbstbewusstsein entscheiden darüber, wie du ankommst. Männer sind da voll sensibel.«
Der Sheriff hebt sein Kölschglas in die heiße Kneipenluft und grölt gutgelaunt in ihr Ohr: »Du bes supertolerant, nemst jeden op dr Ärm und ande Hand.«

In dieser Nacht schlendern wir, im unbescheidenen Bewusstsein großartig zu sein, erst nach Hause, als es fast schon wieder hell wird.

Einen Tag später sitze ich müde mit Beate auf der Couch und erzähle ihr vom Abend zuvor. Sie sieht mich von der Seite an und grinst: »Na ja, schön im eigentlichen Sinne bist du ja nun nicht.«

Danke, Beate, schön vielleicht nicht, aber wenn ich daran glaube, ganz attraktiv.

Dancing Queen a.D.

Beate und ich liegen träge auf dem Sofa vor dem Ofen, in dem ein kleines Feuer glimmt. Ich denke ans Flirten, das für mich nicht nur an Karneval ein prickelnder kleiner Zeitvertreib ist. Flirte ich eigentlich noch wie früher?

Die Zeit für geflochtene Zöpfe, duftige Kleidchen mit Volants und Augenaufschläge im Zeitlupentempo von ganz unten nach ganz oben ist realistischerweise vorbei, falls es sie je gegeben hat.

Mit über vierzig bin ich einfach nicht mehr süß. So wie früher, als ich noch eine Dancing Queen war, an der Agnetha, Benny, Björn und Anni-Frid ihre Freude gehabt hätten. Dancing Queen, feel the beat from the tambourine oh yeah, you can dance, you can jive, having the time of your life. Glatte Haut, rosiger Teint. Spaß am Tanzen und Flirten – that was me.

»Flirtest du noch?«, frage ich Beate, raffe mich auf, um die Ofentür zu öffnen und werfe noch einen breiten Scheit aufs Feuer.
»Nee, eigentlich nicht.«
»Wieso nicht? Du musst! Frauen, die nicht mehr flirten, bekommen schneller Hängewangen als die, die es tun«, witzele ich.

Beate zieht fragend die Augenbrauen hoch und schlürft ihren Minztee. Die Flammen züngeln nun etwas engagierter als zuvor.

»Wenn wir flirten, lächeln wir, ziehen die Gesichtsmuskeln nach oben und zeigen der Schwerkraft, wo es langgehen soll.«

Ich spreche von einem unverbindlichen, leichten und erfrischenden verbalen Umgang mit Männern und nicht von einem Um-Kopf-und-Kragen-Flirt, nach dem man das Messer einer Ehefrau im Rücken spürt, der Typ vor einem sich wortlos sein Hemd bis zum Bauchnabel aufknöpft oder man nach einer Party von allen Frauen der Stadt geschnitten wird.

Das Flirten, das ich meine, ist eigentlich wie Ping-Pong-Spielen ohne Schmettern. Man spielt sich verbale Bälle leicht, aber gekonnt und schnell zu und hat Spaß daran. Wenn mal ein Ball ins Aus geht, gibt es ein charmantes Grinsen und weiter geht's.

»Geschenkt, aber ich glaube, mir fehlt da nichts, wenn ich es lasse«, sagt Beate.
Ich denke nochmal an meine Ballwechsel von gestern. »Komm schon, das Gefühl, das man beim Flirten hat, ist doch unschlagbar: hellwach, lebendig, angeregt.«

Laut einem vergriffenen Frauenratgeber aus den Achtzigern von Cynthia Heimel hat Flirten für die Leistungsorientierten unter uns sogar einen Trainingseffekt fürs Köpfchen. Flirten ist nämlich im Grunde die geistige Entsprechung zu vierzig Sit-ups oder zwanzig Kilometer Fahrrad fahren. Unser Verstand muss etwa drei Mal schneller arbeiten als sonst – kein Flirten ohne Schlagfertigkeit. Für Leute wie mich, die ständig an sich herumtrainieren und schon beginnen, heimlich über Gehirnjogging nachzudenken, weil sie schon wieder die PIN ihrer Bankkarte vergessen haben, ist es also eine durchaus verlockende Alternative zu Kreuzworträtseln oder Sudokus. Die bringen nach der neuesten Gehirnforschung sowieso nichts.

Beate brauche ich mit diesem Argument nicht zu

kommen, sie ist ohnehin Superbrain.

Stattdessen sage ich: »Flirten inspiriert, kostet keinen Cent und macht noch nicht mal dick.«
Beate lacht. »Warum tut's dann kaum noch eine in unserem Alter?«
Ich zucke mit den Achseln. Ja, was hält viele Lebensmittefrauen eigentlich davon ab? Vielleicht ist es ihnen peinlich?, frage ich mich dann und überlege. Flirten basiert auf einer einfachen Formel: Ich finde dich gut und mich auch – lass uns ein bisschen spielen. Gibt es beim Flirten eine freiwillige Selbstkontrolle wie im Kino: FSK – nur freigegeben unter fünfunddreißig? Ich muss ja nicht gerade mit Jungspunden flirten, die noch feucht hinter den Öhrchen sind und aus einer völlig anderen Welt kommen.

Ist es ihr leicht verwittertes Aussehen, das Lebensmittefrauen hemmt? Allerdings weiß doch jeder: Wohlgeformte BBP allein machen einen Flirt noch nicht spannend. Das Gehirn kann ein Körperteil mit viel Sexappeal sein, was nicht heißt, dass man es sich leisten kann, sich beim restlichen Körper gehenzulassen. Wer sich nur noch in Sack und Asche kleidet, zu viele Donuts isst und sich die Haare selten wäscht, kann ein fantastisch funktionierendes Köpfchen und einen brillanten Humor haben – kein Mann wird herausfinden wollen, ob es so ist. Trotzdem muss man nicht gerade Mrs. Niedersachsen sein. Es reicht völlig aus, auf sich zu achten und ab und zu aufmerksam in den Spiegel zu sehen. Die Typen, mit denen man flirtet, will schließlich auch keiner mehr als Unterwäschemodels engagieren.

»Was soll daran peinlich sein, Spaß zu haben? Man muss es eben auf seine eigene, auf eine ruhigere, subtilere Weise tun und sich nicht wie eine hormongeflutete

Sechzehnjährige aufführen«, sage ich. »Wie eine Dancing Queen außer Dienst. Sie weiß, wer sie war, aber auch, wer sie heute ist, und schielt nicht ständig über ihre Schulter zurück in die Vergangenheit.«

Beate nickt. »Vielleicht wissen manche Frauen in der Lebensmitte einfach nicht mehr, wo und mit wem sie flirten sollen. So wie ich.«
Flirten kann man natürlich fast überall, Begräbnisse ausgenommen. Na ja, und der Besuch bei bestimmten Ärzten fällt natürlich auch weg. Ich habe mal versucht, mit einem attraktiven Zahnarzt zu flirten. Das Ganze scheiterte allerdings daran, dass ich mich neunundneunzig Prozent der Zeit mit Kiefersperre und Tränen in den Augen an den Behandlungsstuhl klammerte.

Für Anfängerinnen und Wiedereinsteigerinnen eignet sich wahrscheinlich eine kleine Reise nach Italien oder notfalls auch ein Abend in einem Restaurant mit südeuropäischem Personal, um wieder in Übung zu kommen. Dort spielen Männer mit ihren Kettchen im dunklen Brusthaar, trinken Ramazotti und geizen nicht mit Blicken und Sprüchen. Es sind allerdings nicht wie früher die Fünfundzwanzigjährigen, mit denen wir damals im Sommerurlaub am Brunnen geplaudert haben. Die, die jetzt noch interessiert gucken, haben auch schon ein paar Fältchen, selbst wenn sie sich immer noch für durchweg unwiderstehlich halten.

Natürlich ist dieser ganze Italo-Charme nicht jedermanns Ding. Die weitverbreitete Meinung, dass man mit deutschen Männern nicht flirten könne, ist aber ein Vorurteil. O.k., bei denen in Mephisto-Schuhen und bügelfreien Freizeithemden habe ich sowieso keine Lust, aber es gibt immer noch genügend, mit denen es

Spaß macht. Einige von ihnen brauchen ein Lächeln mehr, um sich zu erinnern, denn auch hier ist es wie mit dem Tischtennisspielen: Wenn man es mal gekonnt hat, verlernt man es nicht.

Beate schiebt sich ein Kissen in den Nacken. »Wenn ich morgens mit Fanny spazieren gehe, lächelt mich manchmal so ein gutaussehender Kerl mit einem Retriever an. Ich sehe da meistens woanders hin. Was soll ich mit dem? Schließlich bin ich verheiratet.«

Ich seufze: »Himmel, ein bisschen harmlos lächeln und flirten. Mach es dir doch nicht so schwer, chérie!«
»Früher war ich beim Flirten ganz erfolgreich. Kleine Unverschämtheiten kombiniert mit einem breiten Lächeln: Das kam immer gut an.« Beate grinst selbstgefällig.
»Warum sollst du das heute nicht mehr tun? Wenn du mit einem mittelalten Mann leicht herumflirtest und er nicht gerade dabei ist, die Champions League zu sehen, unkonzentriert oder einfach ein Idiot ist, wird er auf dich reagieren. Das ist sein genetisches Programm.«

Beate erinnert sich allmählich. »Ruhiger Augenkontakt, in etwa ein, zwei Sekunden länger als normal, ist übrigens auch immer gut. Diese Sache mit den klaren, wachen Augen gefällt mir sowieso.«

Ich denke, dass eine positive innere Einstellung elementar bleibt: In den Minuten des Flirts müssen wir einfach davon überzeugt sein, dass wir ein wahres Gottesgeschenk für unsere Mitmenschen sind. Vorher und nachher kann man ja im stillen Kämmerlein mit all seinen vermeintlichen Schwächen hadern, aber in der Situation denken wir besser nicht: »Oh Mann, findet der mich wirklich attraktiv? Ich bin doch schon zweiundvierzigeinhalb und bla, bla, bla.« Es ist einfach wie beim Sport: Wenn ich dauernd denke, verdammt, den Ball kriege ich nicht übers Netz, bleibt er garantiert auf der eigenen Seite hängen.

Gewinnen beim Flirten negative Gedanken die Überhand oder findet man sein Gegenüber im Grunde seines Herzens sterbensöde, kann man es also gleich vergessen. In beiden Fällen hilft nur ein unverbindliches Lächeln und ab durch die Mitte. Sollte man zwar von sich überzeugt, aber in puncto Schlagfertigkeit gerade überhaupt nicht in Form sein, kann man es auch mit Schweigen probieren. Ich bin bei dem Thema nicht gerade die 1a-Expertin, aber ich habe mal gehört, dass es richtig eingesetzt auf bestimmte Männer geheimnisvoll und attraktiv wirken kann.

Ich erzähle Beate davon. Wir sind uns einig: Schlafzimmerblicke bleiben wie plumpe oder unwahre Komplimente verteilen, hyänenhaftes Lachen, eine Million Mal pro Minute durchs Haar streichen, den Kopf schief halten, als müsste man mal dringend zum Osteopathen – Unterwerfungsgeste – und wasserfallartiges Sprechen so tabu, wie sie es schon immer waren und immer sein werden.

Die Flammen im Ofen lodern jetzt kräftig und ruhig. Beate grinst mich über ihre Tasse an. »Ich halte morgen mal nach dem Retriever-Mann Ausschau.«

Treu wie ein Schwan?

Ein paar Wochen später ist der Frühling da. In unserem Garten drängeln sich Märzbecher, Krokusse und Blausterne. Ich habe das erste Mal im Jahr nackte Füße, die Ärmel meines Hemdes bis über die Ellbogen aufgekrempelt und meine Haare mit einem Tuch zusammengebunden. Ich harke Blätter, kappe Zweige, sammele alte Fußbälle ein und inspiziere die zarten Triebe meiner Bauernhortensien, deren Blüten vergangenes Jahr so groß wie Kohlköpfe waren. Mein Apfelbäumchen hat die ersten Blätter, die Rosen und meine Glyzinie treiben kräftig aus. Die Sonne kitzelt auf meiner Haut und es duftet so nach Erde und Blüten, dass ich selbst ganz kribbelig werde.

Im Frühling wundert es mich nie, dass Leute in Versuchung geraten, ihre sorgfältige Sozialisation über den Haufen zu werfen und sich heftig zu verknallen. Besonders nicht, wenn einem der Lebensmittekörper zu verstehen gibt: »Hey, mein Zenit ist schon in Greifweite. Was ist hier jetzt mit meinen Chancen?«

Ich nehme mir mein Obst- und Kräuterbeet vor und die Zeit, nachzudenken. Das kleine Wort Treue kann im Inneren einer verheirateten Lebensmittefrau einen Tumult auslösen. Natürlich gibt es auch Frauen, die einfach nur bestätigend nicken, wenn sie es hören, und mit reinem Gewissen zur Tagesordnung übergehen. Sie ließen und lassen sich unter keinen Umständen dazu hinreißen, auch nur an eine Liebesnacht mit einem anderen zu denken. Diese Frauen sind treu wie Schwäne. Während ich die lockere Erde harke, gratuliere ich ihnen innerlich voller Ehrfurcht.

Natürlich finde ich Treue großartig. Treu sein ist

ehrenwert, liebevoll und fair. Es ist nur manchmal nicht ganz leicht, wobei es natürlich sowieso eine Definitionssache ist, wo Untreue beginnt. Bei den Hardlinern, den Schwänen in Sachen Moral, fängt sie bereits im Kopf an.

Das finde ich problematisch. Mentale Treue. Wie funktioniert die? Ist man auf einmal blind und taub? Und falls nicht, wie um alles in der Welt verhindert man, sich nur für einen klitzekleinen Moment oder von mir aus auch länger vorzustellen, wie es wohl wäre ein wenig mehr zu tun, als mit Rainer nur über das verlorene Fußballspiel am Wochenende oder über die letzte CD von Adele zu sprechen?

Ruft man sich ernst zur Raison und ermahnt sich dann mit »Nein, nein und nochmals nein! Wage nicht näher über Rainers Brustmuskeln nachzudenken, wenn du es nicht auch Guido gleich beim Tatort Schauen erzählen könntest«, um dann anschließend über die Küchenhandtücher zu sinnieren, die man noch bügeln muss?

Ich harke energischer. Blätter wirbeln umher.

Gibt es außer Guido wirklich nicht doch noch den ein oder anderen Menschen auf der Welt, der nicht auch das gewisse Etwas hat, selbst wenn man weit davon entfernt ist, ihm im realen Leben die Kleider vom Leib zu reißen?

Auch Letzteres ist einigen von uns schon passiert. Wer schon dabei ist, einen Stein zum Werfen aufzuheben, der legt ihn am besten gleich wieder unauffällig zurück. Lust auf jemanden zu verspüren, wenn alle Beteiligten liiert sind, hat etwas Tragisches. Sorry, Menschen, die niemals ihre eigene Standhaftigkeit ernsthaft prüfen mussten, halten sich hier am besten mit Urteilen zurück.

Auch das Unkraut hat schon mitbekommen, dass der Winter vorbei ist. Ich zupfe und rupfe.

O.k., denke ich, Fremdgehen kann zeigen, dass man in seiner Beziehung etwas schmerzlich vermisst, dass man sich wieder frei und aufregend fühlen möchte oder dass man ein ernsthaftes Problem hat. Vor allem aber zeigt es eines: Hier steckt meist jemand in einem fiesen Konflikt aus dem Wunsch heraus sich selbst und gleichzeitig seinem Partner treu zu sein.

Verheiratet in aufgewühlten Laken und den Armen eines anderen zu liegen, macht vermutlich genauso lange Spaß, wie es dauert. Danach bringt es wahrscheinlich nur noch einen unangenehmen Mix aus unerfüllter Sehnsucht und Schuld. Kein Mensch wird einem die Gewissensbisse nehmen können, wenn man auch nur einigermaßen bei Verstand ist.

Vor die Sonne schiebt sich gerade eine Wolke. Sofort wird es kühler.

Kenne ich irgendjemanden, bei dem das Modell »Offene Beziehung« funktioniert oder funktionieren könnte? Mir fällt keiner ein, allerdings auf Anhieb ein paar, die mit diesem Anderen ein neues Leben inklusive einer Patchworkfamilie begannen. Aus einer temporären Hormonverwirrung, die mit der Leichtigkeit eines Schmetterlings daherkam, wurde bei einigen von ihnen ein bleischwerer Klotz. Ich fröstle und kehre Grünzeug von den Steinen.

Saublöd, dass es in der Lebensmitte immer so schnell ernst wird. Ein wenig unverbindliches Knutschen wie im Karneval kann doch außerordentlich heiß sein, ohne dass man auch nur im Mindesten vorhätte, direkt ein Motelzimmer in der Vorstadt zu mieten oder Hals über Kopf mit jemandem durchzubrennen.

Gerade kommt Markus vom Einkaufen zurück in den Garten und ruft mir gutgelaunt etwas zu. Er teilt meine Idealvorstellung von der Fast-Treue definitiv nicht, so viel ist klar. Ich blinzele in die Sonne, die gerade wieder hinter der Wolke hervorkommt, laufe zu ihm herüber und umarme ihn fest.

»Ich war eine halbe Stunde weg. Alles klar bei dir?«, fragt er.
»Ist nur der Frühling«, murmele ich in sein T-Shirt und küsse ihn dann auf den Mund.

Mit Männern befreundet sein

Als ich mir die Erdkrumen von den Händen geschrubbt habe und auf mein Handy schaue, sehe ich eine SMS von Stephan, der sich mit mir treffen möchte. Wir sind seit dem Studium, also seit etwa tausend Jahren, miteinander befreundet. Es ist schon ein Wunder, denn ich habe den Eindruck, dass Freundschaften zwischen Männern und Frauen in fünfundneunzig Prozent der Fälle schief gehen.

Schade, denn es ist wundervoll und hochinteressant mit einem Mann befreundet zu sein. Männer haben naturgemäß einen anderen Blick auf die Dinge. Besonders wenn sich die Themen unter Frauen zu oft im Bermudadreieck Kinder, Klatsch und Kinkerlitzchen bewegen, bereichert es enorm, sich mit männlichen Freunden zu unterhalten.

Männer sprechen einfach gern über Sachthemen, was unweigerlich dazu führt, dass beide profitieren. Die Typen verlassen dann ihre nüchtern anmutende Position, Frauen lösen sich von ihrer gelegentlich dominanten Mikroperspektive auf die Welt. Einer strahlenden Verbindung voller Anregung und Verständnis stünde also nichts im Wege, wäre da nicht die Biologie.

Während man sich nämlich angeregt über »Tao der Physik«, »Die Suche nach der verlorenen Zeit« oder die Frage »Gibt es ein Schicksal?« unterhält, läuft im Unterbewusstsein des Mannes häufig etwas in dieser Art ab:

Unterbewusstsein: »Sie sieht eigentlich ganz hübsch aus. Und wie sie lacht.«
Mann: »Und? Ich will mich hier nur unterhalten!«

Unterbewusstsein: »Kann ja sein. Aber hast du schon mal nachgedacht, wie es sich anfühlen würde, ihr durchs Haar zu streichen – angenehm weich, vermute ich.«
Mann: »Ach, halt die Klappe, sie ist verheiratet.«
Unterbewusstsein: »Und wenn schon.«

Während dieses unhörbaren Dialogs sieht es in der Frau möglicherweise so aus:

Unterbewusstsein: »Ziemlich interessant, was der da so von sich gibt. Aber hast du mal auf seine braunen Augen geachtet?«
Frau: »Vergiss es, er ist nicht mein Typ. Ich mag ihn als Freund.«
Unterbewusstsein: »Von mir aus. Aber beeindrucken willst du ihn schon, nicht wahr?«
Frau: »Quatsch, wie kommst du denn darauf?«
Unterbewusstsein: »Du fummelst dir gerade in den Haaren herum.«
Frau: »Ich bin verheiratet.«
Unterbewusstsein: »Und wenn schon.«

Fakt ist: Egal, ob der Mann überhaupt nicht unser Fall ist und wir auch nicht seiner, so steht doch die Frage »Könnte was zwischen uns sein?« solange im Raum, bis sie wie bei Stephan und mir mit »Nein!« geklärt ist.

Grundsätzlich können also verflossene Liebhaber und alte oder neue Kumpels nur unsere Freunde sein, solange sich unsere Libido nicht gerade gebärdet wie ein Pfau im Kurpark.

Ich muss an Susanne und ihren alten Kumpel Thorsten denken. Thorsten und sie kennen sich seit der Schule.

Sie haben sich immer wie Brüderchen und Schwesterchen aufgeführt und sich an zahllosen Abenden an der Schulter des anderen über Herzschmerz ausgeweint. Auf unserem vergangenen Frauenwochenende erzählte Susanne uns dann von einem gemeinsamen Abend mit ihm. Thorsten, mittlerweile verheiratet und Vater einiger Kinder, fasste sich unter Einfluss diverser Wodka-Tonics ein Herz und versuchte, Susanne zu küssen.

»Nach fünfundzwanzig Jahren – wie idiotisch ist das denn? Seitdem ist Sendepause und unsere schöne Freundschaft hinüber. Was hat er denn erwartet? Dass ich sage, juchhu, ich wollte immer schon mal in einer griechischen Tragödie die Hauptrolle spielen?« Susanne konnte es einfach nicht fassen.

Ich denke an Stephan, der sich glücklicherweise genauso wenig nach mir verzehrt wie ich mich nach ihm, und beginne auf meinem Handy herum zu tippen: »Erst Kino, dann Kölsch? Dienstag, 20 Uhr am Cineplanet?« Ich drücke auf »Senden«.

Männer in der Midlifecrisis

Am Dienstag sitze ich mit Stephan im Kino. Wir sehen uns einen amerikanischen Film an. Wenn ich das richtig überblicke, gibt es im Groben zwei US-Filmtypen: In Typ 1 rettet ein Held (Cop oder unschuldig Verfolgter) begleitet von a) explodierenden Autos und Häusern, b) knappen Countdowns oder c) den Flüchen fuck, shit und motherfucker a) die Heldin (schön, 25), b) eine Stadt oder c) die Welt.

In Filmtyp 2 versucht eine Frau (schön, 25) unter Einsatz von a) zwei verschiedenen Outfits pro Szene, b) viel Make-up oder c) übersichtlicher Intelligenz eine Hochzeit a) zu planen, b) zu verhindern oder c) im bodenlangen Brautkleid zu besuchen.

Mangels Alternativen sehen wir uns einen Film Typ 2 an. Frauen in meinem Alter spielen in diesem und in den Filmen, die ich in der letzten Zeit gesehen habe, entweder gar keine Rolle, die der verkniffenen Weddingplanerin oder die der FBI-Chefin ohne weibliche Reize.

Während die Heldin mit ihren intriganten Freundinnen am Club-Pool nichtsahnend Highballs schlürft, stelle ich nüchtern fest: Auch wenn man Frauen in meinem Alter auf der Leinwand und auch im öffentlichen Leben nur noch selten in attraktiven Rollen und Positionen sieht, besser als in Amerika oder in einem anderen Jahrhundert geht es uns immerhin. In Amerika scheint Jungsein oder so tun, als sei man es noch, eine Lebensnotwendigkeit zu sein. Ich weiß nicht, ob die Lehre der Native Americans, die Weisheit und die Reife des Alters zu achten, da noch irgendwen interessiert.

Noch vor hundert Jahren wäre es mir in Europa allerdings auch nicht gut ergangen. Mit dreiundvierzig säße ich entweder gebeugt und zahnlos im Kattunkleid am rußenden Herd oder würde die Radieschen bereits von unten betrachten.

Ich setze mich etwas gerader in meinen Kinosessel. Ich besitze noch alle meine Zähne und sehe in einem schwarzen Fummel bei gnädiger Beleuchtung immerhin noch einigermaßen aufregend aus. Während die Heldin und ich den Schönling mit einer anderen beobachten (seiner Schwester?), denke ich an Männer in meinem Alter. Wie finden sich eigentlich die restlichen fünfzig Prozent der Bevölkerung in der Lebensmitte zurecht?

Männer sind mit ihren angegrauten Schläfen und interessanten, lebenserfahrenen Gesichtern zwar noch immer im Kino und in attraktiven Positionen zu sehen, trotzdem scheint diese Phase auch an ihnen nicht spurlos vorbeizugehen.

Stephan unternimmt beispielsweise seit einigen Jahren Männerskitouren nach St. Anton. Dort braucht sein Hotel keinen Wellnessbereich mit Salzgrotte, denn er und seine Kumpels fahren Ski, bis die Knochen knacken. Sie essen notfalls sechs Tage jeden Abend Käsespatzen auf der Hütte und trinken eine Menge Aprés-Bier, um sich die Skihasen schön zu trinken – falls die es nicht eh schon sind. Ich nehme an, seine Botschaft lautet: Ich kann immer noch feiern. Ich habe Spaß!

Einige Männer, die ich kenne, suchen andere sportliche Herausforderungen. Sie melden sich nach Jahrzehnten wieder im Tennisclub an, machen einen Jagd-, Tauch- oder Segelschein oder überqueren in

Funktionsbekleidung auf ihrem Mountainbike die Alpen. Gefühlte sechzig Prozent von ihnen sind den New York-Marathon gelaufen oder planen es zu tun. Ihre Botschaft: Seht her, mit mir ist körperlich noch richtig zu rechnen.

Männer wie der, den die Heldin zu Filmbeginn fantastisch fand, stürzen sich in eine Affäre mit einer Frau, die etwa in dem Jahr geboren wurde, in dem er Abitur oder seinen Highschool-Abschluss gemacht hat. Botschaft: Ich bin ein Sexprotz und tue sowieso, was ich will. Subtext: Hilfe, ich habe komplett die Orientierung verloren. Wer rettet mich? Hier und jetzt wird das Hollywood richten, im echten Leben läuft es vermutlich auf einen Rosenkrieg hinaus.

Manche Männer kaufen sich eine Harley-Davidson-seht-her-ich-habe-eine-Midlife-Crisis-Maschine. Botschaft: Ich bin ein Rebell, frei wie der Wind und – ätsch, ich habe so viel Kohle, dass ich nicht so recht weiß, wohin damit.

Ich denke an Markus. Das Einzige, was sich bei ihm verändert hat, ist die Intensität, in der er Dinge tut. So als bliebe ihm einfach nicht mehr ewig Zeit. Eine Geliebte hat er allerdings auch. Ich bin an dieser Stelle großzügig, weil ich sehe, wie glücklich sie ihn macht. Markus verbringt gern Zeit mit ihr. Seine Botschaft: Das hier bin ich mit meiner Gitarre.

Der Mann in der Reihe vor mir hat gerade seine Ein-Kilo-Popcornportion bewältigt. Es wird Zeit, denn der Film nähert sich dem Ende. Mir ist jetzt immerhin eins klar: Lebensmittemänner kämpfen genauso mit den Veränderungen wie wir. Sie versuchen auf ihre Weise mit ihnen klarzukommen. Wir sind also nicht allein.

Ich lächele Stephan von der Seite an, dann seufze ich erleichtert, denn die schöne Hauptdarstellerin ist endlich nicht mehr einsam. Die Kirchentür öffnet sich. Vorbei an ihren Brautjungfern in hoffnungsgrünen Satinkleidern schreitet sie am Arm ihres Vaters zum Altar.

Zerwühlte Laken

Samstagmorgen. Sabine und ich treffen uns am Waldcafé zum Joggen. »Na, was machen die Männer?«, eröffne ich unser Gespräch und schlenkere ein wenig meine verspannten Schultern. Sabine hatte in ihrem Herzen schon immer mehr Platz als nur für ihren Clemens. In letzter Zeit trifft sie sich hin und wieder mit dem Sheriff, den sie an Karneval kennen gelernt hat. Manchmal schreibt er ihr auch Mails. Sie sind randvoll mit süßen Lügen, die beiden Spaß machen. Ein paar Wochen geht das nun schon so.

Sabine trabt locker neben mir her. »Ehrlich gesagt, dieses ganze Körperprogramm, möglichst eine Woche lang Knäckebrot und Salat ohne Dressing vor einem Date mit dem Sheriff, unbequeme Dessous und Schuhe, mit denen ich noch nicht mal den Müll raus bringen würde – und das alles nur, damit ich für mich das Idealbild der heißen Geliebten erfülle. Mir wird das echt zu anstrengend. Ich habe jetzt nur noch Sex mit Clemens.«

Ich bin von ihrer Entscheidung ziemlich überrascht, aber verstehen kann ich sie schon. In der Lebensmitte entsteht für einige von uns ein unbefriedigendes Dilemma: Einerseits fühlt man sich gerade jetzt wie eine rollige Katze; andererseits ist einem realistischerweise bewusst, dass man sich, zumindest im nackten Zustand, unaufhaltsam vom Ideal einer Sexbombe entfernt. Die meisten Ehemänner freuen sich vermutlich über Punkt eins und sehen gnädig über den zweiten hinweg, weil sie mit den Jahren auch nicht schöner geworden sind. Männer sind in dieser Sache viel weniger anspruchsvoll oder komplex, als man vermuten würde. Hauptsache, es passiert was und vor allem oft genug.

Das allerdings scheint ja zunehmend nicht mehr ganz gegeben zu sein. Im Gegensatz zu den Liebeshungrigen unter uns gibt es nämlich offensichtlich auch andere Lebensmittefrauen, denen das Interesse ausgegangen ist.

Was ist also bei den Frauen los, in deren Leben Sex kaum noch eine Rolle spielt? Ist es das Alter? Diesen Gedanken verwerfe ich, denn ich erinnere mich an meine Unterhaltung mit Erika vergangene Woche.

Erika ist zweiundachtzig Jahre alt. Wir kennen uns aus unserer Literaturrunde.
Ich: »Wie war dein Wochenende?«
Erika: »Ach, ich habe es sehr genossen. Franz hat mich besucht.« Franz ist ihr Liebhaber, er ist einundsiebzig und mit einer anderen verheiratet.
Ich: »War's schön? Erzähl mal.«
Sie: »Och, erst tranken wir Kaffee, danach Sekt und dann flog die Bluse in die Ecke.«
Für manche von uns wird es nie vorbei sein.
Ich: »Warum hast du mit über achtzig mehr Sex als viele Vierzigjährige?«
Sie: »Liebchen, jetzt bin ich Witwe, aber vorher habe ich es wie Claudia Cardinale gehalten: ›Die Ehe funktioniert am besten, wenn beide Partner ein bisschen unverheiratet bleiben.‹ «
Ich: »Das ist alles?«
Sie: »Nein. Gewöhnt euch die Liebe nicht ab.«

Ich erzähle Sabine davon und sie lacht. »Kennst du Christine, die Frau meines Cousins? Die hat an ihrem vierzigsten ernsthaft verkündet, sie sei jetzt mit dem Thema Sex durch.«
»Wieso? Nervt dein Cousin so? Vielleicht leidet sie unter Migräne oder Schlafmangel.«

Wir biegen auf einen Feldweg ein.
»Nee, sie ist eher so der Typ Frau, die zehn Stunden Zeit, ein Kaminfeuer und Rotwein braucht, um in die richtige Stimmung zu kommen. Total unrealistisch.«
Sabine zupft an ihrem Schweißband herum.

Nehme ich temporäre Lustlosigkeit in akuten Stressphasen aus, so gibt es sogar eine Menge rationaler Gründe für Sex. Das Hauptargument für alle, die damit hadern, dass sie nicht mehr Dancing Queen sind, ist, dass er schön macht. Der leicht verschleierte Blick gibt den Zügen für Stunden etwas Weiches.

Da unser Blut ordentlich herumgepumpt wird, sieht die Haut auch strahlender aus und ein Immunsystem-Booster ist Sex sowieso. Das habe ich jedenfalls letztens in der Apothekenumschau gelesen.

»Glaubst du nicht, dass Sex uns auch als Paar emotional näher bringt?«, frage ich.
»Wahrscheinlich schon. Man darf nur nicht erwarten, dass man jedes Mal ins Nirvana geschossen wird, sobald der Mann sich auszieht. Wobei: Dazu müsste der Mann aber erst mal da sein, was meiner einfach zu selten ist. Wenn es anders wäre, wäre der Sheriff sowieso schon früher wieder in die Prärie geritten.«
Während Sabine und ich über den Feldweg laufen, denke ich nochmal an Erikas Satz »Vergesst die Liebe nicht«.
»Wenn man sein Liebesleben auf null herunterfährt, merkt man wahrscheinlich irgendwann sowieso nicht mehr, dass da etwas fehlt.«

Unsere Körper lassen sich allerdings nicht mit »Patt, patt, patt, das brauchst du nicht mehr« hinters Licht führen. Verlangen können wir uns langfristig nicht abtrainieren wie Schokolade essen oder Schuhe kaufen – und selbst da ist die Erfolgsquote bekanntermaßen erbärmlich.

Da wir uns Sex aber trotzdem temporär abgewöhnen können, spricht auch nichts dagegen, ihn sich wieder anzugewöhnen und dann am besten nicht mit dem Golftrainer, Mathelehrer der Tochter oder Gärtner, sondern mit dem eigenen Mann. Na ja, zumindest dann, wenn eine Beziehung nicht emotional bereits schon lange am Abgrund steht.
Eine kleine Steigung taucht vor uns auf. Sabine zieht das Tempo ein wenig an. Ich halte es schweigend und atme etwas schwerer.

Das Zur-Liebe-Verabreden ist eine feine Sache, auch wenn es nüchtern und unromantisch klingt. Aber was soll's? Wenn wir uns als Paar schon lange kennen, kann tatsächlich keiner erwarten, dass wir vor Verlangen zittern, während wir uns nebeneinander am Waschbecken im Froteepyjama die Zähne putzen. Auch wenn im Haus zu jeder Tages- und gelegentlich auch Nachtzeit Kinder unterwegs sind, braucht es ein wenig feinfühlige Organisation. Hat man sich dann einen kleinen slot zu zweit herausgearbeitet, verfliegt alle Nüchternheit und es kann wieder sehr aufregend werden.

Die Strecke ist nun wieder eben. Sabine unterbricht meine Gedanken und sagt ein wenig spöttisch: »Die Lebensmitte bietet offensichtlich völlig neue Chancen für meine Ehe.«
Während wir nun auf den Wald zu joggen, summt sie leise »I shot the sheriff«.

War es das jetzt?

Regen pladdert an mein Fenster. Ich sitze am Schreibtisch und mache eine kleine Arbeitspause. Seit ein paar Stunden recherchiere ich Themen für den Newsletter eines Kunden. Das Resümee erstaunt mich nicht. Die Bank, die Bildung, die Wirtschaft – jede steckt in ihrer eigenen Krise.

Während ich mir eine Tasse Tee einschenke, denke ich, dass die Lebensmitte da auch keine Ausnahme bildet. Sie erscheint mir sogar anfälliger als der Euro. Da für uns weder die Regierung noch Experten das Krisenmanagement übernehmen, müssen wir wohl selbst die Ärmel hochkrempeln, wenn es soweit ist.

Ich überlege. Eigentlich macht die Lebensmitte gleich mehrere Baustellen auf. Wenn ich mich so umschaue, sehe ich die »War es das jetzt?«-, die »Ich bin krank«-, die »Wie geht es weiter mit dem Mann?«-, die »Wo bleibe ich?«-, die »Ab jetzt geht es bergab«- und die »Ich werde einsam sterben«-Krisengruben. Vielleicht gibt es auch noch ein paar mehr, aber gerade finde ich diese sechs schon lästig genug. Wahrscheinlich ist es nicht falsch, vorbereitet zu sein, wenn ich demnächst in eine stolpere.

Die harmloseste von allen ist die »War es das jetzt?«-Krise. Ich stelle mir vor, dass auf der Lebensmittebaustelle eine Baugrube klafft, die so groß ist wie die für einen dieser Premium-Apartment-Komplexe. Vor ihr steckt ein Schild im Boden mit dem Text »War es das jetzt?« in Krakelschrift.

Die »War es das jetzt?«-Krise ist eine Luxuskrise, die sich statt in Zukunftsangst in Gegenwartsmauligkeit äußert. Ich kenne sie gut. Meistens beginnt sie, wenn ich das Gefühl habe, dass das einzige Abenteuer meines Lebens nur noch darin besteht, Familie, Haus, Job und ein Sozialleben unter einen Hut zu stopfen, ohne zusammenzubrechen.

Die »War es das jetzt?«-Krise ist auf einer anderen Ebene gesehen wie eine nervige kleine Schwester der Midlifecrisis, neigt aber, wie mir scheint, weniger zum Drama. Wegen ihrer Kombination aus Langeweile und dem Gefühl Gefangen-im-Hamsterrad ist sie trotzdem sehr unangenehm. Auch wenn ich versuche, meinem Leben ausreichend Schwung zu verpassen, falle ich doch gelegentlich hinein.

Letztens, als ich mal wieder in der Grube saß und missmutig herausschaute, wurde es mir zu blöd und ich rief Sabine an, die eine Fachfrau im Auskosten von Lebenszeit ist.

»Soll das jetzt eigentlich ewig so weiter gehen? Arbeiten, immer dieser öde Haushalt und dann die Chauffeursmütze zum Kinderkutschieren auf, weil ein Fahrradwegenetz für Städteplaner hier in etwa so wichtig ist wie vergoldete Ampeln?«
»Eigentlich warst du gerade auf einer ziemlich lustigen Party und vor kurzer Zeit auch noch ein Wochenende in Stockholm.«
»Na schön, aber in acht Monaten ist schon wieder Silvester, ich kriege noch mehr Falten und die Jahre vergehen und vergehen. Ich habe es satt.«
»Du brauchst ein neues Projekt. Eine Massage bei einer Size-Zero-Thaidame, die über deinen Rücken läuft, oder irgendein anderes Konsum-Wellnessprogramm helfen doch eh nur kurzfristig. Für zwanzig Minuten fühlst du dich toll, aber danach ist alles wieder beim

Alten. Ein Projekt ist viel besser, weil du selbst etwas für dich tust.«

Der Tipp gefällt mir. Ich stelle meinen Tee ab, notiere mir das Wort »Projekt« mit zehn Ausrufezeichen auf einen roten Zettel und pinne ihn an meine Magnetwand. Letztens habe ich doch diesen reizenden Lehnstuhl vom Sperrmüll in unserem Viertel in die Garage geschleppt. Seine Form ist klassisch und er aus solidem Holz. Aus dem ließe sich eigentlich etwas machen, wenn ich neu über seine derzeitige Sitzfläche mit Riesenrosen auf lodengrünen Cord nachdenken würde. Oder ich könnte wie Susanne endlich Italienisch oder wie Sabine nähen lernen, einen Salon gründen oder bei einem Charity-Projekt für Kinder mitmachen.

Ein Projekt hebt meine Stimmung in der »War es das jetzt Krise«, wunderbar. Was aber mache ich mit der tiefen Grube, an der ein Schild mit der zittrigen Aufschrift »Ich bin krank« steht?

Die »Ich bin krank«-Krise

Ganz im Sinne von »Wenn du morgens aufwachst und dir nichts weh tut, bist du entweder unter vierzig oder tot« habe ich mich schon an kleine Zipperlein gewöhnt, war aber noch nie schwer krank. Ein paar meiner Freundinnen leider schon und je älter wir werden, desto höher wird die Wahrscheinlichkeit, dass es passieren kann.

Das Gemeine an einer schweren Krankheit ist neben Schmerzen und langen Besuchen in Praxen und Kliniken die Angst, die sie erzeugt. Was wird jetzt? Gerade wenn Kinder da sind oder man im Job stark eingespannt ist, wird das Auskurieren auch noch zum Zeitproblem.

Ich erinnere mich an einen Besuch bei Andrea nach ihrer OP. Sie lag da in ihrem lila Outfit in diesem schneeweißen Krankenhauszimmer und konnte sich vor lauter Schläuchen kaum bewegen. Bis sie wusste, was eigentlich genau mit ihr los war, dauerte es eine ganze Weile. Aber wahrscheinlich ist es immer so: Entweder das Gesundheitsproblem erledigt sich von selbst, oder aber es wird so massiv, dass klar wird, wohin der Hase läuft. Jeder hatte Andrea dann etwas anderes geraten, wie sie am besten mit der Krankheit oder sich selbst klarkommen solle. Sie erzählte auch, dass ihr manche mit ihrem Mitleid den Rest gaben. »Ach, du Arme, was hast du nur für ein schreckliches Schicksal.« Subtext: »Wie gut, dass ich nicht damit klarkommen muss.«

Ich überlege. Ziemlich problematisch ist neben anstrengenden Kommentaren auch die vermeintliche Hilfe im Internet. Letztens wollte ich etwas zum

Thema Nagelbettentzündung nachlesen und ehe ich mich versah, surfte ich zwei Stunden im Netz und las seitenweise von unheilbaren Verläufen und wilden Komplikationen, von denen Fingeramputation und Blutvergiftung noch die Harmlosesten waren.

Andrea erzählte mir, dass sie zwar eine Menge Fachliteratur gelesen, letztlich aber auf ihr Bauchgefühl gehört habe, ob sie den Ärzten und ihrer Behandlung vertrauen konnte. Sie lernte, die Ruhe zu bewahren und Hilfe anzunehmen, was ihr, wie vielen von uns, nicht leicht fiel.

Zu unserem kleinen Treffen im Krankenhaus kamen später noch Susanne und Sabine. Andrea gab ihre Erlebnisse mit einem attraktiven Onkologen zum Besten und wir mussten so lachen, dass eine junge Schwester fragend ihren Kopf zur Tür hineinsteckte.

»Mann, das tut gut.« Andrea streckte sich auf ihrem Krankenbett aus, soweit das ging.
»Hat so eine Krise auch irgendetwas Gutes?«, fragte eine von uns, als wir wieder ernst wurden.
»Ich habe viel über mich und andere gelernt und mein Leben verändert.« Wir mussten wieder grinsen.

»Nur unwesentlich, oder?«, sage ich. Seit kurzer Zeit lebt Andrea mit ihrer neuen Liebe und einer unübersichtlichen Anzahl an Kindern in ihrem Neubau am Rhein, organisiert ihr Unternehmen um und arbeitet an einer Buchidee.

Dieser Optimismus, diese Kraft!, denke ich jetzt an meinem Schreibtisch. Ich schreibe »Keep calm und carry on« auf einen weiteren roten Zettel und hefte ihn an die Wand.

Paar Probleme

Einige Tage später treffe ich meine alte Bekannte Petra beim Einkaufen. Sie sieht zerknautscht und verheult aus hinter ihrer Riesensonnenbrille. Beim Einladen des Großeinkaufs in ihren Kofferraum erzählt sie mir, dass es mit ihr und Richard nicht ganz rund läuft. Ich nehme sie in den Arm und wir verabreden uns auf einen Kaffee.

Während ich wenig später meinen Einkaufswagen mit Müsli und Cornflakes volllade, denke ich daran, dass mehr oder weniger jede von uns unversehens in diese Krisengrube stolpern oder sogar lange Zeit drinsitzen kann, ohne es zunächst zu merken. In der »Wie geht es weiter mit dem Mann?«-Krise reichen die Fragen von »Ich ertrage diesen Typen keine Sekunde länger« bis hin zu »Warum leben wir eigentlich in zwei Parallelwelten?«. Egal, wie die Antwort ausfällt, es braucht viel Energie, da wieder heraus zu krabbeln und einige kommen offensichtlich auch nicht drum herum, sich dabei von einem Therapeuten oder einem Scheidungsanwalt unter die Arme greifen zu lassen.

Ich schiebe den Wagen weiter zum Obst und Gemüse und lege Spargel und die ersten Erdbeeren des Jahres in den Wagen. Markus würde ich zwar glatt wieder heiraten, aber kurz mal reingeschaut in diese Grube habe ich auch schon. Ich ziehe den Wagen zur Tiefkühltheke. Was bewährt sich in schwierigen Phasen?

Mal für eine Zeit alle Probleme zu ignorieren, finde ich gut. Dann kann man gemeinsam wundervolle Dinge tun, selbst wenn man anfangs keinen Bock hat – ein Feuer am (Fluss-)Strand, im Wald picknicken oder sich einen lustigen Kinofilm ansehen. Ich weiß, dass es dann in jedem Fall besser ist, mal an irgendeinem Getränk zu nippen und zu lächeln, statt weiter zu lamentieren. Erste Grundregel: Nur jetzt nicht schon wieder Paarbeziehungsdiskussionen, in denen die Wörter »du« und »immer« bzw. »nie« zu oft kombiniert werden. Auch Filme, in denen Paare an psychischen Abgründen stehen, sind in so einer Zeit als abendliches Unterhaltungsprogramm ungünstig. Ich erinnere mich beispielsweise, dass ich nach einer Diskussion über den Film »Sex, Lies & Videos« mit Markus um ein Haar Single geworden wäre.

O.k., sicher, bei manchen, die ich kenne, ist es schon gar nicht mehr möglich, den ganzen Groll zur Seite zu schieben, um so herauszufinden, dass der, neben dem man morgens immer aufwacht, doch immer noch ein bisschen der ist, in den man sich verliebt hat. Wenn man bereits getrennte Schlafzimmer hat oder der Mann nach dem Motto »Entweder ist alles in Ordnung oder die Alte ist bescheuert« lebt, dann wird die Sache wirklich kompliziert.

Egal, ob kurze Ehekrise oder Dauerkriegszustand: Das allerwichtigste Sprungbrett aus dieser Grube ist auf jeden Fall Ehrlichkeit. Entschlossen packe ich Gouda, Biomilch und Räucherforelle in den Wagen. Es tut einfach gut, die Wahrheit auszusprechen, auch wenn es erst mal nur vor sich selbst oder einer Freundin ist. Wenn einem die Fronten klar sind, dann kann man einfach viel besser handeln. Man kann sagen: »Nee, Hans-Wilhelm, also mal ehrlich. Jetzt reicht‘s. Behandele mich nicht wie ein Kleinkind. Ich fühle mich in deiner Gegenwart manchmal wie mit drei. Ich brauche keinen zweiten Vati. Spuck‘s aus, was kann ich tun, damit das aufhört?«

Sabine bekommt bei der These »Sag immer ehrlich, was los ist« Beklemmungen. Sie plädiert eindeutig für das, was sie »selektive Ehrlichkeit« nennt, besonders dann, wenn man für eine längere Zeit nicht zu den Gesprächigsten in seiner Ehe gehört hat. Ich gebe zu, dass es ungünstig sein kann, immer die Wahrheit zu sagen, vor allem wenn es verletzende Dinge sind wie: »Manfred, ich könnte schon an die Decke gehen, wenn ich sehe, wie du dein Frühstücksei isst. Hör auf zu schmatzen, sonst bekomme ich Lust, dich zu hauen.«

Nein, wenn ich von Wahrheit spreche, meine ich, dass der Mann, mit dem ich lebe, wissen sollte, was ich im Wesentlichen so denke, fühle und hoffe. Es geht nicht um jede doofe Einzelheit, sondern ums große Ganze. Wenn der nämlich nicht mal weiß, wie es in mir aussieht, wie können wir uns dann nah sein? Und wenn wir uns nie nah sind, warum lebe ich dann mit ihm? Nur weil er Kohle verdient, Kinder mit mir hat oder meine Eltern mir im Falle einer Scheidung die Lampe anmachen würden? Das wären ziemlich magere Gründe. Nein, ich will wahre Liebe! Vertrautheit! Verständnis! Leidenschaft! Anregung! Ein Feuerwerk großer Gefühle!

Puh, wo war ich? Konzentration. Ich schaue auf meinen Einkaufszettel, greife noch zu einer Flasche Orangensaft und schiebe den Wagen zur Kasse. Neben mir mault ein sehr dickes Kind, denn die Schlange ist lang. Dann tönt »Wir öffnen Kasse 3 für Sie!« durch den Laden. Ich stelle mich hinter ein Paar in Joggingklamotten, das einen Tick schneller war als ich und beginnt, Grundnahrungsmittel für sechs Wochen aufs Band zu wuchten.

Ich denke, dass es mir in dieser Wahrheitssache nicht

nur um Kritik, sondern vor allem auch darum geht, all die netten Gedanken auszusprechen. »Hey Schnucki, also dieses neue Hemd steht dir großartig« oder »Wenn du mit Lenni den Kleinen Nick liest, könnte ich dich einfach nur noch knutschen.« Männer mögen so etwas. Sie brauchen wie wir Bestätigung.

Und da ist ja noch etwas, fällt mir ein, während ich meine eigenen Sachen auf das Band schichte: Kein Mensch auf der Welt, nicht mal der eigene Mann, ist verantwortlich für unser eigenes Glück.
An Letzterem hapert es bei der Frau im Sweatshirt vor mir gerade gewaltig. Sie faucht ihren Mann an: »Mensch, Häbäät, dat kann doch nit wor sin. Hasse jetz schon widder de Hämbörger-Bulätten verjessen? Hammer da nisch jrad drüwwer jesprochen???«

Ich schau mir Herbert unauffällig von der Seite aus an. Was wird er tun? Feindselig schweigen oder genervt reagieren? Beides bringt, soweit ich weiß, in Beziehungen überhaupt nichts, selbst wenn man es ungläubig immer wieder mal ausprobiert.

»Järda, guck ens he, da sinse doch.« Herbert zieht die Tiefkühlfrikadellen aus dem Berg, legt sie aufs Band und lächelt seine Gerda entwaffnend an. Ich nicke anerkennend.

Changing of the generations

Stau. Im Stop & Go brummt meine Kiste. Neben, hinter und vor mir stehen oder fahren Autos im Schritttempo, beleuchtet vom warmen Abendlicht. Ich bin auf dem Weg zu meinem Vater. Wenn das hier so weitergeht, wird es allerdings dauern, bis ich da bin.

Ein Schild am Rand der Autobahn bittet wie schon in der vergangenen Woche um Verständnis dafür, dass die Fahrbahn für die nächsten fünf Monate und Kilometer einspurig bleibt. Was bauen die auf dieser Straße eigentlich dauernd? Ich muss an eine Werbung denken, in der eine markige Stimme verkündet, dass die Straße die Reifen und die Reifen die Straße abnutzen. Das wird es wohl sein, denke ich und ordne mich nun langsam zwischen einer Familienkutsche und einem Zweisitzer älteren Modells ein.

Wenn ich darüber nachdenke, beobachte ich auch an uns Lebensmittefrauen mit Kindern gewisse Abnutzungserscheinungen vom Einfädeln zwischen den Generationen. Zu Hause brauchen die Kinder unser offenes Ohr, Hilfe beim Erwerb der Grundlagen in der Mathematik und ein vitaminreiches Mittagessen, während die eigenen Eltern unter Umständen zeitgleich beginnen, einen speziellen Fahrstil zu entwickeln, nicht mehr die Treppe allein hochkommen und mehr vergessen, als gut für sie ist. Früher war Papi der Fels in der Brandung und Mami hatte immer eine Idee, wo es lang ging. Jetzt gibt es auf einmal einen Rollentausch, in dem sich einige von uns tatsächlich zunehmend fühlen wie ein poröser Gummistoßdämpfer.

In dieser Situation erinnert mich die Lebensmittefrau an eines dieser Baustellenfahrzeuge, die gerade auf der abgesperrten Spur vor mir herumfahren, und das nicht etwa, weil sie auf einmal auf grellgelb steht. Es ist eher ihr Verhalten. Beständig ist sie blinkend unterwegs, damit es bei den Lieben zwischen null und neunzig sicher vorangeht und nicht scheppert.

Das Signalrepertoire, mit dem sie lotst, reicht von »Achtung, Lateinarbeit!« über »Gib Gas, die Antragsfrist läuft ab!« bis hin zu »Vorsicht! Bordstein«. Dank unserer im Schnitt sorgfältigen Sozialisation fühlen wir uns einfach verantwortlich dafür, dass es allen gut geht.

Die Landschaft zieht jetzt wieder etwas schneller an mir vorbei.

Noch vor einem Jahr konnte ich nur mit Kindern unter achtzehn aufwarten. Meine Eltern pfiffen damals auf ihre zusammen 156 Jahre. Sie waren unternehmungslustiger und interessierter an der Welt als die meisten Zwanzigjährigen. Das allerdings änderte sich bei meinem Vater schlagartig. Er pfeift seitdem gar nicht mehr. Seine Bewegungsfähigkeit, sein Interesse und Entdeckergeist gingen mit einer ungünstig großen Menge Hirngewebe unter.

Immer wenn ich daran denke, überfallen mich Trauer und Wut. Auf Baustellen tauge ich auch zu wenig, denn gefühlt kommt doch immer irgendwer oder irgendetwas zu kurz. Ich wundere mich nicht, dass es vielen so geht und manche Frauen zwischen den Generationen »Wo bleibe ich?« als Dauersignal senden.

Ich denke an Monika. Sie navigiert neben ihrem Job als Lehrerin gleichzeitig ihre beiden Töchter und ihre verwitwete Mutter durch den Alltag. Ein

Physiotherapeut mit einer bedürftigen osteuropäischen Großfamilie zeigte vor einiger Zeit intensives Interesse an Maman und deren Konto. Monika brachte ihre vom Charme benebelte Mutter und die Kohle aus der Gefahrenzone. Zu Hause lief das übliche Programm weiter, der Stapel interessanter, allerdings unbeachteter Bücher wuchs.

Ich schalte einen Gang rauf und wechsele auf die nun freie Spur. Die Frage ist: Was können und wollen wir für unsere Familie aus Liebe tun? Moral, Gewissen und Erwartungen mischen sich in die Antwort ganz automatisch und es ist sauschwer, es an dieser Stelle »richtig« zu machen, falls es das überhaupt gibt. Monika erzählte mir, dass alle um sie herum ausgesprochen zufrieden mit ihrem Service sind, seit sie die Rote-Kreuz-Haube aufgezogen hat. Leider möchte sie nun allerdings oft selbst vor Wut platzen über die oft fremdbestimmten und vollgestopften Tage.

Im Fahrerhäuschen des LKWs hinter mir baumelt ein Schild »Hier fährt Manni, der Chef«. Im Seitenspiegel sehe ich Manni im Rippenunterhemd, wie er beim Singen vergnügt die Lippen bewegt. Ich bin sicher, dass viele Lebensmittefrauen zwischen den Generationen gar nicht alles allein bestimmen wollen. Manche haben wie ich das Glück, dass noch ein Elternteil, ein Partner, Geschwister, andere enge Verwandte, Freunde und treue Nachbarn da sind. Wenn jeder dann in seinem Rahmen etwas zur Verbesserung der Situation beisteuert, geht es den ganz Alten und den ganz Jungen gut und der Verschleiß der Lebensmittefrau hält sich in Grenzen. Es reicht schließlich, dass wir auch schon ohne äußere Einwirkungen jahresbedingte Abnutzungserscheinungen zeigen.

Ich biege von der Autobahn ab, fahre an den großen Gebäuden der Uni vorbei und biege in das Viertel ein, in dem mein Vater wohnt. Vor den Kneipen ist noch jeder Sitzplatz besetzt. Überall stehen hier an den Straßenbäumen bunte Frühsommerblumen. Meine Mutter, die jeden Tag viele Stunden bei meinem Vater ist, hat mir erzählt, dass ein Bewohner auch Sonnenblumen und Stockrosen pflanzt und dafür sorgt, dass sie wachsen können. Ich parke mein Auto wie mit dem Schuhanzieher in eine Miniaturparklücke vor dem Seniorenstift und steige aus. Die lauwarme Abendluft fühlt sich herrlich an.

Bevor ich das Haus betrete, muss ich jedes Mal tief durchatmen. Erfahrungen kann uns im Leben nun mal keiner abnehmen und die, die mein Vater hier zum Ende seines Lebens macht, ist eine harte: Leben ohne Aussicht auf Heilung, in vielen Momenten glasklar begreifend, dass er nie wieder laufen, lesen, schreiben, geschweige denn reisen oder in seinem eigenen Haus wohnen wird.

Im hellen Eingang hängt an der Pinnwand ein umrahmter Zettel. Ich denke: Da sind sie ja wieder, die Rheinischen Grundgesetze. Mein Blick fällt im Vorbeigehen auf das fünfte Gesetz: »Et es wie et es. Wat wellste maache?« Manchmal machen es sich die Rheinländer echt ganz schön einfach.

Die Empfangsdame grüßt mich. Ich lächele sie an und versuche den Geruch, eine Mischung aus Putzmittel, Siechtum und Wirsingeintopf, aus meinem Bewusstsein zu verbannen. Er weckt bei mir immer noch eine Kombination aus Mitleid und dem Wunsch, das Weite zu suchen.

Unweigerlich drängt sich jedes Mal der Gedanke auf: Noch habe ich ja massig Zeit, aber was ist eigentlich, wenn ich zu der Generation hier gehöre? Werde ich eines Tages einfach nicht mehr aufwachen oder werde ich, wie viele alte Herrschaften hier, tattrig in einem Zimmer mit Linoleum-Boden sitzen und nachmittags als Tageshöhepunkt mit dritten Zähnen Erdbeertorte mümmeln? Wie mein Vater war ich nie der Typ für Ringelpiez; die Sitztanzgruppenstunde wird also sicher ohne mich stattfinden.

Ich kenne zwei Reaktionen auf diese kleine Zukunftskrise. Die erste lautet, schnell etwas zu tun, damit ich das Leben spüre: Meine Kinder schmusen, Sport treiben, mit Markus die Sterne ansehen oder kalt-und-heiß duschen, so etwas in der Art.

Die zweite besteht im Pläneschmieden, was überhaupt ein erprobtes Mittel ist, um jedweder Angst freundlich, aber bestimmt in die Augen zu schauen. Dabei ist es eigentlich ziemlich egal, ob ich Plan A oder B dann auch tatsächlich umsetze. Allein die beiden zu kennen, gibt mir das herrliche Gefühl die Angelegenheit fürs Erste vom Tisch zu haben. Danach gilt Monikas Leitspruch: »Let´s cross the bridge when we get there."

Ich sehe sofort, dass mein Vater heute einen guten Tag hat, als ich zur Tür hereinkomme. Er liegt frischgeduscht in seinem Bett und freut sich. Im Raum hängen viele Fotos und vom Geburtstag stehen auch noch ein paar Karten mit einer 84 im Lorbeerkranz auf einem Tischchen.

Heute erzählt mir mein Vater wieder, wie stinklangweilig es sei. Er sei hier blöderweise nur von alten Leuten umgeben. Wie so oft diskutieren wir seine

Möglichkeiten. Fernsehen, lesen, Hörbücher oder lange Musik hören – zu viele, schnelle Eindrücke für seinen Kopf, in dem kurzfristig alle Verbindungen und Schaltstellen durcheinander geraten sind. Dazu hat er noch einen Körper, der ihn auf ganzer Linie im Stich lässt. Reden kann er immerhin noch und sich auch an vieles erinnern. Unsere Gespräche sind das Einzige, was wir noch haben, und ich genieße sie, als wäre jedes von ihnen das Letzte.

Draußen zwitschern Vögel. Ich stehe auf und öffne das gekippte Fenster weit, um die Abendluft hineinzulassen. Als ich mich wieder umdrehe, ist mein Vater eingeschlafen. Von einer Minute auf die andere – mitten im Satz. Ich setze mich noch ein bisschen zu ihm und halte seine Hand. Sein liebes Gesicht sieht friedlich aus.

Während ich an seiner Seite sitze, denke ich, dass ich in dieser Sache »Mein Leben als Greisin« nicht die Einzige bin, die sich ab und an Gedanken macht. Letztens lief ich mit Monika, Sabine und Susanne mit unseren Männern und Kindern über die Hügel der Eifel. Wir diskutierten über Bette Davis‘ Satz »Altwerden ist nichts für Weicheier« und ich erinnere mich gerade, wie sich aus unserem Brainstorming ein Plan entwickelte. Unsere Stimmen gingen dabei durcheinander.

»Allein oder mit einer mir fremden Bewohnerin in einem Zimmer mit wischbarem Boden und Neonbeleuchtung hocken? Kaffeetrinken auf Gongschlag und schlechte Schlager aus dem Radio im Gemeinschaftsraum, während meine Wohngruppe sich anschweigt? So werde ich jedenfalls nicht alt!«
»Ich auch nicht.«
»Lasst uns eine Alters-WG aufmachen! Jede oder jedes

Paar hat sein eigenes Zimmer.«
»Wer allein sein will, kann sich zurückziehen, wer Gesellschaft will, hat jemand Vertrauten direkt nebenan.«
»Wir dürften aber nicht zu weit weg vom nächsten Café sein.«
»Also bloß nicht auf dem Land. Eine Uni-Stadt wäre gut.«
»Dann wäre ein umgebautes, altes Stadthaus ideal.«
»Wir würden uns gegenseitig unterstützen, aber wir bräuchten auch junge, sanftmütige Pfleger.«
»Und einen Garten mit alten Bäumen und einer Bank.«
»Mit einem kleinen Gästehaus, in dem die Enkel auch mal übernachten können, wenn sie zu Besuch kommen.«
»Und einen Pool. Schwimmen soll ja immens gesund sein.«
»Im gemeinsamen Wohnzimmer stünde ein Klavier.«
»Dort würden wir auch Scrabble spielen und lesen.«
»Brauchen wir dann auch einen Treppenlift?«
»Wer von euch spielt eigentlich Lotto?«

Ich weiß noch, dass wir uns so in unsere Ideen steigerten, dass wir geradezu Lust bekamen auf unsere Zeit als ergraute Ladys.

Wie unsere Zukunft wohl aussehen wird? Ich betrachte meinen Vater, der noch vor einem Jahr durch die Berge wanderte und Vorlesungen hörte.

Gerade schläft er tief. Ich decke ihn mit einer leichten Decke zu, so wie ich es noch heute manchmal nachts bei den Kindern mache. Dann öffne ich leise die Tür.

Wenn ich ein Single wär'

Auf der Rückfahrt höre ich Radio. Ab und zu rauscht ein Auto vorbei. Dunkle Wolken ziehen über den Abendhimmel hinweg. Das Moderatorenduo klingt, als hätte es irgendetwas Komisches geraucht. Die beiden quasseln mit Jenny, die nicht mehr allein sein will.

Ich finde keinen anderen Sender und höre zu, wie Jenny den Mann ihrer Träume beschreibt. Sie muss echt verzweifelt sein, wenn diese beiden Vollpfosten ihre einzige Rettung für ein Date sind. Jenny klingt sympathisch und so jung, wie ich es in meiner letzten Singlekrise war. Als damals nur ein Zahnputzbecher in meinem Studentenbudenbad stand, konnte ich dieser Freiheit oft nicht viel abgewinnen. Stattdessen sah ich mich vor meinem geistigen Auge mit Barbourjacke, Gummistiefeln und Grauhaar einsam auf einer Wiese stehen. Vor mir sprang ein Bobtail – gibt's diese Rasse eigentlich noch? – herum, dem ich mit hoher Stimme »Hol doch dem Frauchen das Stöckchen« zurief.

Während der eine Moderator Jenny mit überdrehter Stimme fragt, ob sie gern abends weggeht (klar) und wie lang ihre längste Beziehung war (ein Jahr), denke ich an Marion.

Marion geht stramm auf die fünfundvierzig zu und ist seit einiger Zeit Single. Manchmal findet sie es herrlich, allein zu sein. All diese unterschiedlichen Begegnungen! Tun können, was, wann und mit wem man will!
An anderen Tagen ist Marion weniger entspannt, weil man kein Mathe-Ass sein muss, um zu erkennen, dass es mit der Familienplanung eng wird. Außerdem kommt ja noch eine neue Dimension hinzu: Mittlerweile weiß

jede von uns sehr genau, was sie will – was die Auswahl an geeigneten Männern dramatisch dezimiert.

Aus drei Spuren wird gerade wieder nur eine. Ein Schild fordert 60 km/h. Auf der Baustelle, an der ich jetzt Kilometer um Kilometer vorbeifahre, arbeitet keiner mehr.

Ich überlege. Die Kennenlern-Foren mit Anforderungskatalog im Internet sind praktisch, wenn es im wirklichen Leben nicht funktioniert. Wenn der Typ im Netz erstens nicht gerade ein notorischer Lügner hinsichtlich seiner Werte und Pläne ist oder zweitens einen Kunstfotografen zum Freund hat, weiß man schon vor dem ersten Treffen ungefähr, wer auf einen zukommt. Eine Planungssicherheit, die, zumindest in Bezug auf Punkt eins, das zufällige Begegnen im Supermarkt oder auf der Eröffnung einer Kunstausstellung schmerzlich vermissen lassen – auch wenn es viel romantischer ist und eine schöne Geschichte für die Enkel abgibt. Wieso Jenny einen Mann übers Radio sucht, verstehe ich eher weniger. Vielleicht möchte sie sich nicht von Äußerlichkeiten blenden lassen?

Marion traf sich viele Male mit Typen aus dem Internet. »Einige erschüttern den Glauben an die Menschheit schon ordentlich. Die benehmen sich schon beim ersten Treffen völlig durchgeknallt oder kommen erst gar nicht zum verabredeten Treffpunkt. Dann sitzt du da mit deinem Erkennungszeichen und fühlst dich bescheuert.«

Während die ersten Kandidaten für Jenny anrufen und langweilige Fragen stellen, fällt mir Marions letztes Treffen mit einer Internetbekanntschaft ein. Sie verabredete sich mit einem Kandidaten im Biergarten am See. Es dämmerte schon ein bisschen, sie tranken Alt und plauderten über ihre letzte Reise.

Nicht unsympathisch, dachte Marion, aber warum leuchtet sein Gesicht nur so merkwürdig gelb? Nach einer Weile rang sie sich durch und fragte: »Bisschen komisches Licht hier, nicht? Deine Haut hat gerade so einen Ockerton.«

»Och nee, das ist nur meine akute Hepatitis. Ich wollte nicht unhöflich sein und dir absagen.«

Die beiden sahen sich nie wieder.

Jenny fragt gerade im Radio einen der Kandidaten, ob er RnB mag. Er hat keinen Schimmer, wovon sie da redet. Rythm and Beat? Er interessiert sich hauptsächlich für seinen Bizeps. Ich überlege derweil, was ich tun würde, wenn ich Single wäre. Sich das vorzustellen, ist ein bisschen schwierig, denn wenn dieser Fall eintreten würde, wäre ich eine lange Zeit nicht ansprechbar.

Es dämmert und ich schalte die Scheinwerfer ein. Die Moderatoren spielen einen deutschen Song. Selbst ihnen ist klar, dass aus Jenny und dem Anrufer nichts werden kann.

Ich überlege: Möglicherweise würde ich mir als Single fürs Erste etwas zum Streicheln zulegen, das keine komplexe Vergangenheit hat.

Da Männer unter fünfundzwanzig nicht in Frage kommen, würde es vermutlich auf einen Hund oder ein Pferd herauslaufen. Warum man sich nämlich einen Hamster kauft, der tagsüber pennt und nachts wie besessen in seinem Rad läuft, hat sich mir noch nie erschlossen. Die Situation habe ich schließlich heute schon zu Hause, nur mit dem Unterschied, dass ich nachts schlafe und nicht am Tag.

Irgendwann käme ich wahrscheinlich um die Partnerfrage nicht herum. Klar bin ich auch gern allein, aber nicht für immer. Ich würde mir allerdings auf jeden Fall verbieten, fortan jeden Typen nach einem Elite-Partner-Eigenschafts-Katalog zu taxieren. Das kann nicht gut gehen. Ein Mann ist schließlich kein Raststätten-Menü, das man sich wie hier auf der Fahrt an einer Tanke zusammenstellt. Also kämen auch Speed-Datings nicht in Frage. Speed-Datings sind wahrscheinlich so was wie das Fast-Food auf der Suche nach Mr. Right.

Mir einen Typen attraktiv zu reden, obwohl er eigentlich ein Psycho ist, Frauen insgeheim verabscheut oder Polyesterslips trägt, funktioniert natürlich auch nicht. Ein paar Ansprüche an Humor, Wärme, Intelligenz, Lebenstauglichkeit und nettes Aussehen müssen einfach erfüllt sein, sonst würde ich lieber weiter ein Hundefell kraulen. Ich vermute, Jenny geht es genauso. Ihre Fragen lassen zumindest darauf schließen.

Ach, wahrscheinlich würde ich einfach all die angestaute Liebe in ein soziales Engagement stecken oder zum Friseur gehen. Ich würde meine Frauen-Freundschaften hätscheln und langfristig darauf vertrauen, dass in meinem Leben kleine Wunder geschehen und der Richtige in einem unerwarteten Moment von links die Bühne betreten wird. Vielleicht würde ich mich aus Spaß auch mal eine kurze Zeit nur mit attraktiven Männern ohne jedes Alltagspotential verabreden. Ich schaue kurz in den Rückspiegel. Fragt sich nur, ob ich noch einen von denen motivieren könnte, diese Idee genauso reizvoll zu finden.

Ich überhole den grasgrünen Lieferwagen einer Konfiseriekette mit der Aufschrift »Kleines Laster« und denke: Ob sie nun erotisch, hoffnungsfroh oder verzweifelt sind, Dates sind gerade wirklich nicht mein Thema. Falls sich das irgendwann ändert, gilt immer noch: Das Leben ignoriert alle, die etwas erzwingen wollen. Das war schon immer so und ist in Bezug auf einen neuen Mann bestimmt nicht anders. Immerhin ist es im Gegenzug meist aber auch sehr gut zu denen, die fest an etwas glauben und dabei einigermaßen lässig bleiben.

Im Radio wird das so jedenfalls tatsächlich nichts. Die Moderatoren spielen nun ratlos ein paar Songs hintereinander. Ich wünsche Jenny viel Glück, drehe das Radio aus, biege an der nächsten Ausfahrt ab und fahre in Richtung zu Hause.

Öde Konventionen

Markus und ich stehen in der Küche. Wir schneiden Zitronengras, zwei feuerrote Chilis, Korianderblätter, Ingwer, Frühlingszwiebeln und eine Knoblauchzehe in Scheibchen, pressen Limetten, messen Kokosmilch ab und teilen Seeteufelfilets in kleine Stücke. Heute Abend kommen ein paar nette Bekannte zum Essen. Die Zeiten, in denen man sich gemeinsam eine Käsestulle schmierte und sich dazu ein Bier aus dem Kühlschrank genehmigte, scheinen irgendwie vorbei zu sein.

Konventionen. Während Markus Getränke aus dem Keller holt, gieße ich etwas Öl in den Wok und denke darüber nach, wie unabhängig ich von denen eigentlich noch bin.
Unabhängig zu bleiben ist eine kleine Herausforderung in der Lebensmitte.

Damit meine ich nicht, dass ich das »Handbuch der Selbstversorgung – Leben fernab der Gesellschaft« durcharbeiten will. Ich möchte nicht auf einem Resthof Brennholz hacken, alles Essbare selbst anbauen und deshalb vier Wochen lang Kohl essen, weil gerade Kohlzeit ist. Auch einmal pro Woche Wasser für meinen Badezuber auf dem Feuer erhitzen oder meine Beine unrasiert lassen, weil ich mich komplett von allen und allem abgewendet habe, ist keine Option.

Nein, in einer Gemeinschaft leben ist fein. Mir geht es eher um diese kleinen Dinge, die man in meiner Umgebung so kann und tut und auf die ich manchmal wenig Lust habe. Wahrscheinlich kommen viele Konventionen aus einer Zeit, in der wir abhängig davon waren, dass wir beim Wäschewaschen am Fluss oder am Brunnen noch einen Platz bekamen.

Chamäleonartige Anpassung an die Nachbarschaft war damals lebenswichtig. Heute steht außer ein bisschen Klatsch nichts auf dem Spiel, meine Waschmaschine rumpelt wie eine Boeing 727 im Keller und solange ich bezahlen kann, lassen die mich zum Wasserflaschen kaufen auch in den Supermarkt.

Trotzdem laufe immer mal wieder Gefahr, Dinge nur zu tun, weil ich das Gefühl habe, man erwartet sie von mir. Beine rasieren ist in Ordnung, aber beim Schenken beispielsweise sind Konventionen mittlerweile lästig. Ich gebe sehr gern Geld für andere aus, aber eine Menge Einladungen von Bekannten geraten immer mehr zu Geschenkorgien, bei denen es weniger auf das »Was?« als auf das »Wie viel?« anzukommen scheint. Auch die Idee, etwas für einen sozialen Zweck zu spenden, verändert daran nichts. Sofort überwältigt alle Gäste das Gefühl, sie hätten nichts Persönliches in der Hand, was die Sache dann noch verworrener macht.

Das Öl brutzelt vor sich hin. Ich schiebe die Zutaten bis auf den Fisch, den Limettensaft und die Kokosmilch hinein. Ein köstlicher Duft breitet sich aus.

Sobald ich etwas mache, nur weil es alle tun, gerate ich schnell mit Markus, dem ausgewiesenen Unabhängigkeitsexperten, aneinander. Während ich mit einem Holzlöffel im Wok herumrühre, kommt er gerade zurück in die Küche.

»Woran merken wir eigentlich, dass wir uns nach Konventionen richten?« Ich schütte die angebratenen Zutaten auf einen Teller, lege einen zweiten darauf und stelle ihn zur Seite. Dann gebe ich noch etwas Öl in den heißen Wok und lege die Fischstückchen kurz hinein. »Du lädst nicht mehr ›nur‹ zu Frikos mit Brot ein, weil

›man das nicht mehr machen kann‹.« Markus sortiert ein paar Weinflaschen und gibt die anderen Zutaten zum Fisch.
»Du hast schon mal ein Weltmeisterschaftsspiel im Fußball verpasst, weil du noch den Garten sprengen musstest«, sage ich.
Uns fällt auf einmal eine Menge ein: »Du bügelst alles, auch deine Unterwäsche, gibst Sachen in die Mangel und findest, dass Gardinen zu einem ordentlichen Haushalt gehören.«
»Du würdest nie ein Buch lesen, bevor die Küche noch nicht aufgeräumt ist.« Ich rühre vorsichtig weiter und gieße dann die Kokosmilch und den Limettensaft dazu.
»Du gehst, egal, wie großartig sich alle amüsieren, unter der Woche immer vor vierundzwanzig Uhr, weil du oder die Gastgeber ›sicher früh raus müssen‹.«
»Du kannst mühelos dreißig Leute mit Kuchen auf gleichem Geschirr bewirten, obwohl dir Porzellan im Grunde deines Herzens schnuppe ist.«

Ich lasse das Essen einmal kurz aufbrodeln, schalte die Platte ab, salze und pfeffere ein wenig und schließe den Wok mit dem Deckel.
»Du spielst Golf, Tennis oder eine Rolle bei den Lions/Rotariern/Round Tablern aus gesellschaftlichen Gründen.«
»Du benutzt mindestens einmal pro Woche die Wörter ›Netzwerken‹, ›Powerplate‹ oder ›Club Robinson‹.«
»Dein Friseur ist reich.« Markus lacht, probiert jetzt mit einem Löffel vom Asia-Fisch und zieht genießerisch eine Schnute. Dann setzt er das Wasser für den Reis auf.

Und wenn all diese Punkte nicht der Fall sind? Selbst dann sieht echte Rebellion gegen gesellschaftliche

Erwartungen sicher anders aus. Ich finde es doch trotzdem schwierig, sich schon den normalen Konventionen zu widersetzen, ohne sich dabei wie eine weiblicher Che Guevara zu fühlen.

Markus verschwindet nach oben und ich denke an vergangene Woche. Ein neuer Bekannter lud uns in seinen Garten ein. Markus und ich schlenderten in Flipflops durch die warme Luft zu seinem Haus.

Statt ein paar Pullen Pils und Häppchen erwartete uns dort ein siebengängiges Menü, das vier Jungköche mit schwarzen, bodenlangen Schürzen auf der Kochinsel in der Wohnküche zubereiteten. Das Essen, das sie auf Porzellan anrichteten, wurde durch eine achtseitige Hochglanz-Broschüre angekündigt, die auf den Tischen auslag. Jeder dort vorgestellte Wein hatte eine längere Vita als ich.

Ein älterer Kollege der Köche postierte sich hinter einem prallen Schinkenbein im Schraubstock. Kunstvoll säbelte er eine Scheibe davon ab, durch die man bequem das Wall Street Journal hätte lesen können.

Draußen verteilten sich Menschen plaudernd im Garten. Die Männer trugen Sakkos, die meisten Frauen sahen aus, als wären sie mindestens zwei Stunden im Bad gewesen. Zu meinem eher lässigen Outfit fiel mir nur der Satz »Ever felt underdressed?« ein.

Während ich mich mit einer Bekannten unterhielt, hörte ich hinter mir Wortfetzen »Ich schmecke Schwefel und Marille« und »Er riecht nach Sauerkraut«. Ich drehte mich vorsichtig um.

Zwei Männer mittleren Alters blickten mit ernsten Mienen in ihre Weingläser.
»Ja, dieser Wein ist schwer zu verstehen«, sagte der eine, während ich dachte: Wenn jetzt schon die Weine schwierig werden, wow, dann wird das Leben wirklich kompliziert. Oder meinte er, dass man dieses ganze Weinbuhei drauf haben muss, damit man merkt, dass der Wein zwar eigentlich schrecklich riecht und komisch schmeckt, aber aus geheimnisvollem Grund bedeutend ist?

Auf meinem Weg zur Terrasse leuchteten Fackeln, die eine Band ins Schummerlicht tauchten. Die vier jungen Typen mit ihren Querbrillen spielten mit Saxofon und Kontrabass Jazz. Ich traf Markus an der Steintreppe und wir setzten uns auf die Hollywoodschaukel.
»So, das ist also eine kleine entspannte Abendeinladung für zwischendurch«, lachte er und legte den Arm um mich. Wir schaukelten ein wenig hin und her.
Ich versuchte, mich derweil zu erinnern. Was hatte in der E-Mail-Einladung noch mal gestanden? Gartenparty. Die Uhrzeit. Aber sonst nicht viel, oder?

Eigentlich war all das, was uns da geboten wurde, wundervoll, kultiviert, feinsinnig und geschmackvoll. Alles war richtig, nur ich, ich fühlte mich ziemlich fehl am Platz. Warum eigentlich? Weil ich statt Sei-ganz-Du-selbst auf einmal das Bedürfnis hatte, vor dieser perfekten Kulisse ebenfalls perfekt zu sein und allen Konventionen nach Kleidung, Bildung und geschulten Geschmacksknospen entsprechen zu müssen.

Leider hatte ich trotzdem nicht bemerkt, dass sich das Tier auf meinem Teller zu Lebzeiten von einer besonderen Sorte Eicheln ernährt und ich da einen ganz exquisiten Wein getrunken hatte. Auch war mir entgangen, dass der Mann, der so eifrig am Schinken herumschnippelte, der Chef eines Sternerestaurants war.

Derweil hatte ich mich bemüht, sprühend und witzig zu sein und das Richtige zu sagen. Ich hatte versucht über Kafka zu sprechen, intelligente Anmerkungen zur nordrhein-westfälischen Regierung zu machen und konstruktive Anregungen zur Wahl zwischen Waldorf- und Montessori-Kindergarten zu geben.

Nach etwa zwei Stunden war ich so erschöpft vom Perfektsein, dass ich meinen Mann küsste, mich artig von unserem Gastgeber verabschiedete und schon mal nach Hause ging. Dort setzte ich mich in der immer noch warmen Luft auf unsere Gartenbank, machte mir ein Bier auf und trank es aus der Flasche.

Die Klingel reißt mich aus meinen Gedanken. Ich rufe nach Markus und öffne die Tür. Eva und Thomas stehen fröhlich vor mir: Sie haben einen prächtigen Blumenstrauß in Knisterfolie in der Hand.

Rein technisch gesehen

Wir sitzen in der warmen Abendluft auf der Terrasse. Die Stimmung ist bestens. Auch bei den Grillen. Sie zirpen irgendwo versteckt in unserem üppig zugewucherten Garten. Aus Gründen der Konvention habe ich nachmittags immerhin noch den Rasen gemäht. Unser Holztisch, an dem wir nun zu acht sitzen, steht voller Teller, Gläser, Weinflaschen und Blumen. Dazwischen liegen diverse Tablets und Smartphones herum.

Während ich im Haus ein paar Teller für den Nachtisch heraussuche, denke ich an den Zeitungsartikel über die technischen Errungenschaften der vergangenen zweihundert Jahre. Darin stand, dass 1835 in Deutschland die erste Eisenbahn durch die Landschaft dampfte. Dieses Ereignis versetzte damals viele Menschen in Panik. Sie hielten die neue Technik für Teufelswerk und befürchteten, dass die Geschwindigkeit von etwa 50km/h Fahrgästen und sogar den Zuschauern am Gleisrand aufs Gehirn schlagen könnte.

Manchmal denke ich wie diese Leute. Ich befürchte, dass einige von uns beim Thema Technik gerade komplett den Verstand verlieren. Dabei hätten wir in der Lebensmitte eigentlich allen Grund, einen kühlen Kopf zu bewahren. Schließlich haben wir in vollem Bewusstsein eine Zeit ohne Web zwei-Punkt-irgendwas, Smartphone, DVD-Player, Digitalkamera und Navi erlebt.

Früher sang ich unter der Leitung einer Lehrerin mit Dutt deutsches Liedgut von einem Blatt, das nach Karbonsäure roch und meine Finger blau färbte. Wenn ich damals für den Musikunterricht ein Referat über einen Komponisten halten musste, schaute ich in den Brockhaus im Wohnzimmer meiner Eltern oder schlurfte auf meinen Espandrillos mit der Strohsohle in die Stadtbibliothek.

Zu Hause telefonierte ich natürlich täglich mindestens zwei Stunden mit meinen Freundinnen. Ich kauerte dabei im Flur, bis meine Eltern mich und sich selbst erlösten und ein tausend Meterkabel kauften, mit dem ich in meinem Zimmer verschwinden konnte.

Ich nehme Schokoladeneis aus dem Gefrierfach und die Schalen mit den Beeren aus dem Kühlschrank. Eva kommt zu mir in die Küche: »Kann ich etwas tun?«
Ich bitte sie, ein paar CDs mit auf die Terrasse zu nehmen.

Wenn mir damals ein Song besonders gut gefiel, hing ich am Radio, bis er lief und drückte dann die schwergängige record-Taste meiner bescheidenen Anlage. War ich nicht schnell genug, quatschte der Moderator noch auf meine Aufnahme oder das Stück brach unvermittelt ab. Mit viel Herumgefummel entstand so eine Kassette, die ich dann auf meinem pinkfarbenen Walkman hörte. In dieser Zeit galt es übrigens als ultimatives Zeichen von Ich-steh-auf-dich, wenn dir ein Junge so eine MC aufnahm. Über perfekten Klang machte sich dabei keiner von uns Gedanken.

Auch das Fotografieren war in dieser Zeit eine Angelegenheit, die eher unvollkommen ablief: Es gab natürlich auch damals Leute mit Anspruch. Sie liefen dann mit Objektiven groß wie ein U-Boot-Seerohr herum und waren immer auf der Suche nach dem richtigen Licht und Motiv. Die meisten anderen knipsten wie ich höchstens mal einen Film im Urlaub voll. Ich weiß noch, wie sich Sabine beim

Durchblättern im Fotoladen wunderte, dass der Blitz den Eiffelturm bei Nacht nicht erhellt hatte. Zu Hause legten wir die orangefarbene Fototasche zu einem Dutzend anderen in einen Karton.

All das ist jetzt Nostalgie, was völlig in Ordnung ist. Technisch gesehen leben wir heute im Wunderland. Es ist beispielsweise oberpraktisch, dass man innerhalb von Sekunden 100.000 Einträge zu jedem x-beliebigen Thema googeln kann. Leider kommen die diversen Möglichkeiten mit dem Anspruch einher, sie auch nutzen zu können. Statt wie wir im Chor »Guten Abend, gute Nacht« zu singen, soll unsere Brut dann für den Unterricht der 6. Klasse ein Musikvideo drehen, ohne dass auch nur einem in der Familie die entsprechende Internetsoftware vertraut wäre.

Ich werfe die gewaschenen Johannis-, Him- und Brombeeren in eine Glasschüssel und süße sie. Einen Hauch Limettensaft und etwas Vanillezucker gebe ich auch noch zu den Früchten.

Ich denke nach. Im Netz lauert außerdem eine fette Spinne und frisst Zeit. Wenn ich ehrlich glücklich bin mit diesem ganzen Twitter-Xing-Facebook-Stayfriends-Kram und mein Nutzen die vielen öden Mails und irrelevanten Informationen aufwiegt, die ohne Unterlass meinen Posteingang verstopfen, spitze. Bin ich aber nicht. Also melde ich mich wieder ab, was bei einigen Plattformen ein zäher Prozess werden kann. Allein mich aus dem cross-ing bei X-ing zu winden, kostete mich mal eine geschlagene Woche. Abmelden ist als Aktion einfach nicht vorgesehen, weil die Betreiber darin wahrscheinlich den sozialen Selbstmord sehen.

Beim Weg in den Garten blicke ich kurz auf mein eigenes Handy. Eine lästige Angewohnheit. Ich habe mich offensichtlich auch schon sehr an das ganze Mailen, Chatten und Checken gewöhnt. Wenn ich nicht aufpasse, gehöre ich bald auch zu diesen Junkies, die schon rappelig werden, wenn sie nicht im Zehnminutentakt auf vier Kanälen ihre Nachrichten abrufen können und deren erste Frage am Urlaubsort nicht »Wo ist der Strand?«, sondern »Gibt es hier Wi-Fi?« lautet.

Jedes Sie-haben-eine-neue-Nachricht-Signal flutet unsere Körper offensichtlich mit Glückshormonen: »Hey, jemand hat an mich gedacht.« Die Enttäuschung ist dann entsprechend, wenn es nur Samantha Safur aus Uganda ist, die gerne eine innige Geschäftsbeziehung mit jemandem wie uns aufbauen will, oder Johnnie Boden, der stolz auf seine neue Kleiderkollektion ist.

Markus kommt herein und stellt die Schalen auf ein Tablett. Ich nehme die Löffel aus der Schublade, lege sie dazu und denke: Mailen kann süchtiger machen als Crack oder wie die aktuellen Drogen gerade so heißen. Ich weiß, wovon ich rede, ich liebe das Mailen mit Freunden. In unseren Mails kommt kein schnödes MfG vor, weil sie wie Briefe vollgestopft sind mit Alltagsanekdoten und Anregungen.

Beim SMS-Tippen stehe ich immerhin außerhalb der Junkiezone. Da breche ich mir fast die Finger, selbst wenn ich die technische Errungenschaft des Smartphones prinzipiell anbetungswürdig finde.

Draußen klingelt ein Handy. Ich kann es durch das Stimmengewirr und Gelächter hören. Es hat etwas, wenn man sein Telefon theoretisch überall und nicht nur im Flur benutzen kann. Sehr nervig ist es hingegen, wenn man es praktisch auch überall tut. Zählen wir nämlich besser nicht all die, die angeregte Gespräche führten und dann, als die Titelmelodie von Winnetou oder ein Froschquaken ertönte, mit Groll im Herzen dabei zusahen, wie das Gegenüber hektisch aus der gemeinsamen Konversation aus- und in anderer Stimmlage in das Telefongespräch einstieg. Subtext: »Sorry, aber das hier ist echt wichtiger.«

Ich habe schon Lebensmittefrauen erlebt, die so die besten Momente eines Abends verpassten. Statt sich auf die Anwesenden zu konzentrieren, waren sie wie nervöse Teenager ständig mit ihrem Handy und damit mit Leuten beschäftigt, die weit weg waren.

Lenni ruft mich von oben. Ich laufe vorbei an unserer Familienfotogalerie zu seinem Zimmer.

Mit der Foto- und Filmbesessenheit liegt die Sache bei manchen nicht anders. Himmel, selbst der langweiligste Abend wird besser dokumentiert als eine Abrüstungskonferenz in Genf. Egal, ob jemand schief Querflöte spielt, bei einem Medenspiel einen Tennisball übers Netz kloppt oder sich beim Kindergartenfest zum Tiger schminken lässt: Irgendwer hat immer eine Digitalkamera dabei oder sein Multifunktionshandy im Anschlag. Gesunder Menschenverstand? Leider gerade im Stand-by-Modus.

Wie gesagt, Technik kann grundsätzlich sehr praktisch sein. Nehmen wir die Navigation im Auto. Wo wäre ich beispielsweise ohne das stoisch gesprochene »In zweihundert Metern links abbiegen« gelandet?

Ich gehe zu Lenni, der seine Schienbeinschützer nicht finden kann. Ich fische sie unter einem Schrank hervor und denke an das Fußballturnier morgen. Die Existenz der allwissenden Navi wird mich wieder sicher zu irgendeiner Bezirkssportanlage der ländlichen Umgebung lenken. Das Gerät rettete bereits meine Ehe und mich – fünfzehn Minuten vor dem Anpfiff beim Suchen des Platzes – vor dem Wahnsinn.

Ich gebe Lenni einen Gute-Nacht-Kuss und schaue noch einmal bei den Großen herein. Sie sehen sich gerade auf YouTube ein Video an. Beide lachen Tränen. Es scheint lustig zu sein.

Auf dem Weg nach unten denke ich, dass ich in der Lebensmitte sogar die Wahl habe: Kein Mensch erwartet von Leuten um die vierzig dasselbe wie von Leuten um die vierzehn, selbst wenn einem das altersunabhängig sowieso egal sein sollte. Überlasse ich alles, was mit Technik zu tun hat, anderen und lebe damit komfortabel hinter dem Mond? Nutze ich sie intelligent oder bin ich schon ihre Magd geworden?

Ich stelle fest, dass ich nicht im Aprilwind um fünf Uhr morgens mit hundert Asiaten vor einem New Yorker Apple Store anstehen will, um noch ein iPad 6 zu ergattern. Ich weiß, dass es meine Gefühle nicht verletzt, wenn Chantal aus dem Handyladen beim Anblick meines Mobiltelefons kreischt: »Guck ma, Mandy, hasse schon ma so'n altes Ding gesehen?« Ich bin mir hingegen sicher, dass es mir immer noch etwas gibt, die Punkte meiner To-do-Liste mit einem Stift durchzustreichen und nicht mit der entf-Taste zu löschen. Ansonsten ist Technik, solange sie mich wirklich unterstützt, schon o.k.

Ich gehe durch die Terrassentür und setze mich wieder zu den anderen, die angeregt plaudern. Markus zündet eine Kerze an. Über uns funkeln ein paar Sterne.

SoKo Innere Mitte

In den nächsten Tagen häufen sich Aufgaben, Arbeit und Termine. Mein Hamsterrad rattert so laut, dass ich Kopfschmerzen davon bekomme. Alles muss auf einmal und möglichst bis gestern passiert sein. Ich sitze am Schreibtisch. Jetzt soll ich auch noch auf Knopfdruck kreativ sein, bin allerdings stattdessen nur nervös.

»Frauen um die vierzig sind einfach gelassener.« Der Satz macht mich fertig. Ich bin keinen Deut entspannter als mit fünfunddreißig. Das scheint auch schon anderen aufgefallen zu sein. Ich betrachte den Gutschein an meiner Magnetwand. Zu meinem Geburtstag vor ein paar Monaten schenkte mir mein Sohn einen Chill-Kurs. Auf weißer Pappe hatte er in großen Buchstaben »Für Mama – Gutschein für 5 x Chillen mit Jonas« geschrieben. Das Ziel dieser kleinen Privatveranstaltung war das Finden meiner inneren Mitte. Irgendwo muss das kleine Luder schließlich stecken.

Zwei Suchaktionen hatte ich bis dahin bereits gestartet und wieder abgeblasen. Statt Hunden, Nachtsichtgerät und Profi-Spurensicherung hatte ich bei der ersten eine CD mit der Aufschrift »Im Hier und Jetzt – Audio-Meditation« eingesetzt. Man sitzt unnatürlich gerade auf einem Kissen, schließt die Augen und lauscht den Anweisungen des Sprechers. Ich fand das schwierig. Immer wenn die sonore Stimme »Wir lassen jetzt unsere Gedanken fließen« sagte, klingelte es entweder an der Tür oder die kernigen Typen vom Gartenbauamt heulten im Park nebenan mit ihren Motorsägen. Einmal war ich immerhin soweit, dass ich im Sitzen einschlief.

»Himmel, meditieren ist doch nichts, was du mal in fünf Minuten zwischen deiner Arbeit und dem Mittagessen-Kochen erledigst. Da brauchst du Zeit, Ruhe und Anleitung«, erklärte mir Beate daraufhin mit ihrer Therapeutinnen-Stimme.

Also besuchte ich einen Meditationskurs für Anfänger in einem Fitness-Club um die Ecke, so eine Art SoKo Innere Mitte. Außer mir waren noch ein paar Damen mit praktischen Kurzhaarfrisuren und ein Herr im Jogginganzug da. Es roch nach Patschuli. Der Leiter saß im Karohemd, das über seinem Bäuchlein spannte, und Wollsocken im Schneidersitz vor seiner orangefarbenen Salzkristall-Leuchte.

Wenn er sich vom Boden erheben wollte, um mit uns durch den Raum zu laufen und laut »AHHH« zu rufen, ächzte er, stützte sich auf seinem linken Oberschenkel ab und rappelte sich dann mühsam auf. Er sah so gar nicht nach einem erleuchteten Meister aus, aber ich verbot mir diese oberflächlichen Gedanken und rief brav mit den anderen »AHHH«. Das »AHHH« verschreckte meine innere Mitte offensichtlich. Sie zeigte sich nicht.

Dann sollten wir atmen. Atmen an sich ist ja nichts Schlechtes, in der Öffentlichkeit und bewusst verursacht es bei mir allerdings Unbehagen. Die Damen und der Herr hörten sich an, als wären wir in einem Tantra-Sex-Seminar. Nun habe ich prinzipiell nichts gegen Tantra-Sex einzuwenden, aber alles zu seiner Zeit und sicher nicht in der Anwesenheit eines Mannes, der aussieht wie ein Kriminalbeamter aus einer Vorabendserie. Ich betrachtete kühl die Diskokugel über mir, hörte den Gong, den der SoKo-Leiter schlug, und erklärte damit auch die zweite Suchaktion für offiziell beendet.

Ich war reichlich desillusioniert, meinen Fall jemals klären zu können, als Jonas mir sein Geschenk überreichte. Sogar der Dalai Lama kann sich von meinem Sohn eine Scheibe abschneiden. Er schafft es in beneidenswerter Weise, die Realität auszublenden.

Ich frage ihn: »Machst du das auch in der Schule?«
»Manchmal in der Fünfminutenpause. Während der Stunde hat es sich nicht so bewährt.«
Na prima. Erwartungsfroh verabrede ich mich mit ihm zu unserer ersten Sitzung im Wohnzimmer.

Mein Sohn begrüßt mich mit einer knappen Verbeugung, wie er sie beim Karatetraining gelernt hat. Er trägt eines seiner Kapuzensweatshirts, eine schlackernde Jeans und hält mit einem Band seine blonden Haare aus der Stirn. Er lässt sich im Schneidersitz neben meiner Matte nieder und bedeutet mir, mich dort auf den Rücken zu legen. Draußen zwitschern ein paar Vögel und begrüßen energisch den Frühling.

»O.k., wir fangen an. Atme jetzt ganz ruhig ein und aus und denk an gar nichts, Mama.«
Ich atme vor mich hin und versuche, nicht zu denken.

Wie auch schon in »Meditation für Anfänger« schlägt mein Gehirn Alarm, wenn es still sein soll. Auch das Atmen gerät so beobachtet ein wenig ins Stocken. Ich muss an den Satz denken: »Wir atmen, wie wir leben – hektisch, intensiv, oberflächlich oder ruhig.«

Ich hole tief Luft, zähle langsam bis fünf, atme aus, wieder ein, aus, ein. Mein Lehrer scheint zufrieden damit zu sein und ist nun voll in seinem Element. Himmel, hat er in »Leben im Jetzt«, »Der kleine Taschenbuddhist« und »Stille des Herzens« auf dem

Bücherstapel neben meinem Bett gelesen? Mir bleibt wenig Zeit, darüber nachzusinnen.

»Stell dir jetzt vor, du bist am Meer. Du siehst auf das Wasser. Es ist warm… .«
Vor meinem inneren Auge sehe ich einen endlosen Sandstrand, Wellen, auf denen das Licht glitzert, und ein paar Felsen, die einen Kontrast zum wolkenlosen Himmel abgeben. In diese Impressionen mischt sich leider immer wieder das Bild eines Berges ungebügelter Wäsche.

Aber da geht es auch schon weiter: »Um dich herum ist nur noch deine Lieblingsfarbe«, raunt er.
Ich versinke in Ozeanblau. Das klappt schon besser. Mein Atem geht jetzt schon eine ganze Weile ruhig und gleichmäßig. Die innere Mitte lässt sich zwischen all dem Blau leider nicht blicken.

Schließlich reicht mir Jonas feierlich einen glatten Stein so groß wie ein Stück Seife.
»Schicke alle Negativgefühle auf den Stein.«
Negativgefühle? Himmel, liest der etwa Psychologiezeitschriften? Ich gehorche, erinnere mich an dies und das, was mich in den Stunden davor geärgert hat: das chaotische Kinderzimmer, die Nachricht, dass der Abgabetermin für einen Text schon morgen ist.

»Fertig?«, fragt mein Lehrer. Ich nicke und schaue zu, wie er die Terrassentür zum Garten öffnet. Er nimmt den Stein, holt aus und schleudert ihn weit weg. Am Stamm unseres Apfelbaumes prallt er ab und bleibt im Gras liegen.

»So«, sagt Jonas befriedigt. »Die Gedanken bist du jetzt schon mal los.« Ich schaue dem Geschoss nach und dann meinen Sohn an. Wir müssen grinsen.

Nach meiner ersten Chill-Sitzung kann ich mir eine Frage nicht verkneifen: »Sohn, tolles Geschenk. Wie bist du denn auf die Idee gekommen?«
Er sieht mich nachdenklich an. »Ich finde, das passt zu dir, Mama. Du bist ja eher so der aufgewühlte Typ.«

Wenn ich gerade darüber nachdenke: So nett das war, langfristig weiter gebracht hat mich das Chillen mit Jonas nicht. Ich tippe »Tiefenentspannung« in die Suchmaschine ein und muss seufzen. 762.000 Ergebnisse in 0,32 Sekunden.

Im Yoga-Workshop (Selbstversuch)

In der alten Villa riecht es nach Curry, Kumin und Zimt. Ich schleppe meine beiden Taschen die knarrende Holztreppe hoch in den zweiten Stock. Je höher ich steige, desto steiler werden die Stufen. Auf dem Holz der Treppenpfosten hat jemand mit tintenblauer Farbe Wellen gemalt. Die Zimmer, an denen ich vorbeikomme, heißen Mata Hari, Steuerbord, Karma und Kutter.

Ich öffne mit dem Schlüssel, an dem ein grobgeschnitzter Holzkrake hängt, das Zimmer Bahilang. Es ist einfach mit Tisch, Bett und Schrank eingerichtet, die Tapeten sind maisgelb und braun gestreift. Vom großen Fenster aus sehe ich einen wild wuchernden Garten. Ein Buddha sitzt dort zwischen Fingerhut und Stockrose. Auf dem Tisch liegt ein Zettel: Willkommen in deinen Yogaferien. Ein Ashram auf Amrum.

Auf dem Weg zur inneren und äußeren Balance interessiert sich meiner Erfahrung nach jede Lebensmittefrau irgendwann mal entweder für Homöopathie, Heilpraktikerkunde oder eben Yoga. Ich hatte also auch kurze Phasen, in denen ich auf Globuli, Schüssler Salze und Bachblüten schwor, ohne allerdings je tief in die Materie einzusteigen. Was mich aus weiter Ferne an Yoga schon immer faszinierte, war die Kombination aus körperlicher und geistiger Haltung und Harmonie. Bislang hatte ich mir das Konzept noch nicht aus der Nähe angesehen, aber jetzt, auf der Suche nach der inneren Mitte, war es soweit: Eine Woche lang vierundzwanzig Stunden Yoga.

Ein paar Tage später schleppe ich mich erneut. Diesmal allerdings auf die kleine Düne, die zum Haus gehört.

Ein sandiger Trampelpfad führt durch hohes Gras, an Hagebuttensträuchern und ein paar Bäumchen vorbei zu einem gepflasterten Steinplatz mit Holzstühlen und einem Tisch. Wie ein Eremit auf seinem Berg überblicke ich von hier den schmalen Strand, der in den endlosen Kniepsand übergeht. Ich schaue bewegungslos aufs spiegelglatte Meer und das nicht nur vor lauter Ergriffenheit. Ich habe einen Höllenmuskelkater.

Wie genau hatte ich mir diese Yoga-Reise bei meiner Internet-Buchung eigentlich vorgestellt? Ein wenig ausschlafen, angenehme, gymnastische Übungen in der Morgensonne am Strand und Gespräche über das Leben bei einem Glas Wein?
Aus dem Ausschlafen wird nichts. Die Übungen entpuppen sich als Hardcore-Dehnungsprogramm mit irreführend harmlos klingenden Tiernamen wie Schildkröte, Krähe und Hund, der wahlweise auf- oder abwärts schaut. Die Morgensonne bleibt täglich hinter schweren Regenwolken versteckt und bis zum makrobiotischen Mittagessen hat uns unsere Yogameisterin klösterliches Schweigen verordnet. Außerdem gibt es keinen Zucker, kein Brot, keinen Käse, keinen Alkohol, kein Fleisch, keinen Kaffee, keine Milch, keine Romane, keine Telefonate im Haus, keine Zigaretten, keine duftenden Cremes und keine Gnade beim Üben. Ich finde es herrlich.

Jeden der folgenden Tage verbringe ich mit meinen Mityogis im gleichen Rhythmus, aber nach dem Essen brechen wir aus. An einem der Mittsommerabende spielen wir am Strand Beachvolleyball, bis wir den Ball kaum noch sehen können, an einem anderen wandern wir über den stillen Strand. Als Höhepunkt weltlicher Ausschweifungen trinken wir ein alkoholfreies Radler in der einzigen Pizzeria im Ort.

Sie trägt den eigentümlichen Namen »Keksdose« und ist üppig mit spärlich bekleideten Damen in Acryl und diversen Fußballaccessoires dekoriert. Die Insulaner futtern neben uns fröhlich ihre Pizzen. Wir sind noch von Kräutertofu und Linsensalat satt und lachen über den Slogan auf der Speisekarte: »Das Leben ist eine Keksdose und Du bist mein Lieblingskeks.«

Die folgenden Tage vergehen zu schnell. Mit nackten Füßen betrete ich zur letzten Übungssession den Wintergarten. Im Schlepptau habe ich mein Equipment. Es besteht aus drei Decken, zwei Korkblöcken, einem Yogagurt, einer dünnen Matte, einem Meditationskissen und dicken Socken. Schon um all das allein von zu Hause hierher zu transportieren, muss man schon gut trainiert sein oder einen Sherpa verpflichtet haben.

Einige Yogis sitzen bereits auf ihren Matten. Wir lächeln uns kurz zu. Sie haben sich wie alte Indianer Decken umgehängt. Ihre Knie sind weit gespreizt, berühren fast den Boden. Die Fußsohlen haben sie aneinander gestellt. Der Gurt um die Gelenke hält ihre Beine in der Dehnung.

Ich verkrümele mich in die hinterste Ecke im Wintergarten und lege mich auf meine Matte. Wenig später beginnt unsere Yogameisterin mit ihrer ruhigen und festen Stimme die Atemübungen anzusagen: »Yoga heißt Meister werden über deinen Körper und über deinen Geist. Reite nun wie ein Wellenreiter auf der Welle deines Atems. Nimm jeden Atemzug bewusst wahr. Beobachte deine Gefühle, Gedanken und Schmerzen, bewerte sie nicht. Lass sie ziehen.«

Langsam geht sie durch den Raum. Ich kann nur ihre leisen Schritte auf den Holzbohlen hören, meine Augen sind geschlossen. Sie führt uns, ihre Schüler, durch die Meditation und jetzt mal ehrlich, der Typ auf meiner CD zu Hause kann dagegen total einpacken. Ich liege einfach nur da, atme, schweife mit meinen Gedanken zwar kurz ab, konzentriere mich dann aber wieder und atme nur noch. Ein. Aus. Ein. Aus.

Ich spüre die Wärme des Lichts auf meinem Gesicht. Es ist leider keine Erleuchtung, sondern endlich mal die Sonne. Sie scheint durch das dünne Glas des Wintergartens. Ich öffne kurz die Augen. Wie in einem Lichtkegel liege ich hier auf meiner Matte, völlig tiefenentspannt, vollgepumpt mit Frieden und Energie. Ohne Vorankündigung rollen Glückstränen über meine Wangen. Musste ich, um in diesen Zustand zu gelangen, eine Woche lang streng riechenden Tee trinken? Musste ich dafür unter Muskelzittern während der Endlos-Asanas zwei Zentimeter länger werden? Musste ich klaglos ertragen, dass sich jemand auf meinen Rücken stellt, um die Dehnung noch ein wenig zu intensivieren? Musste ich für diese Erfahrung dreiundvierzig Jahre alt werden? Während ich bewegungslos daliege, denke ich: Yep, musste ich wohl. Vorher hätte ich um einen Selbstversuch wie diesen Workshop hier einen Riesenbogen geschlagen. In der Lebensmitte brauche ich die Konzentration, Disziplin und Entspannung des Yogas so dringend wie einen Latte macchiato, den ich schon morgen auf dem Schiff in Richtung Heimat trinken werde.

Der Gong erklingt. »Langsam kommen wir zurück ins Hier und Jetzt.«
Ich öffne die Augen.

Gesundes Selbstbewusstsein

Das Schiff schaukelt ein bisschen. Ich stehe an Deck und schaue aufs Kielwasser. Über mir kreischen Lachmöwen, neben mir eine Gruppe Schülerinnen. Gerade passieren wir eine Hallige, auf der ein paar friesische Häuschen herumstehen. Die Bewohner müssen Nerven wie Drahtseile haben. Entweder wird ihr Inselchen von Meerwasser oder von Touristen überschwemmt, in der übrigen Zeit sehen sie vierundzwanzig Stunden die gleichen Gesichter und wenn sie das ändern wollen, müssen sie eine halbe Weltreise unternehmen.

Ich nippe an meinem Latte, der nach einer Woche Abstinenz herrlich schmeckt. Die Mädchen neben mir kichern über irgendetwas und ich denke mit Vorfreude an meine Kinder. Jonas wird stolz auf mich sein; gechillter als im Moment war ich definitiv noch nie. Diese Tiefenentspannung ist nicht nur wundervoll für Körper und Geist, die sich ja wie ein altes Ehepaar am besten gemeinsam erholen, sie ist auch großartig fürs Selbstbewusstsein.
Ich betrachte den blauen Himmel, lasse mir den Wind ins Gesicht pusten und denke selbstzufrieden: So gut wie gerade fand ich mich schon lange nicht mehr.

Noch kurz vor meiner Yoga-Woche fühlte ich mich oft, als wäre ich Regierung und Opposition in einer Person. Die Opposition suchte dann das Haar in der Suppe – die Regierung konnte es ihr selten recht machen. Dabei echauffierte sie sich nicht wie im wahren Leben über die Afghanistan-Politik oder die Frauenquote, sondern meist über ihre schwindende Schönheit oder eine wenig perfekte Leistung. Meine Regierung wusste in diesen Momenten bei all diesem Gemecker manchmal gar nicht mehr so richtig, was sie von sich selbst halten sollte.

Ein paar Wolken türmen sich am Horizont. Ich denke daran, dass nicht nur ich, sondern auch viele andere Lebensmittefrauen zu oft ihr Klagelied über sich selbst anstimmen: Wir denken, dass wir etwas nicht schaffen können. Wir grämen uns über die deutlichen Zeichen der Hautalterung in unserem Gesicht. Wir finden, dass andere besser sind als wir. Wir verwünschen unsere Oberschenkel oder finden unseren Bauch indiskutabel. Wir rufen: »Ich will aber, dass ich anders bin!« Es fehlt nicht viel und wir würden mit dem Fuß aufstampfen wie eine bockige Zweijährige.

Es ist so schade, dass wir uns und jede andere von uns nicht durchweg einzigartig und fantastisch finden. Allen würde es damit besser gehen, zumindest dann, wenn wir nicht alternativ dazu in Größenwahn verfallen würden. Stattdessen plagen sich viele von uns aus mangelndem Selbstwertgefühl mit angespannten Muskeln, Magendrücken, Schlappheit und (Eifer-) Süchten herum.

So ganz aus der Luft gegriffen sind einige Argumente der Opposition natürlich nicht: Es ist unwahrscheinlich, dass wir schöner werden. Als Quelle für Selbstwertgefühl taugen ein hübscher Hintern, eine Lockenmähne oder lange Wimpern in Zukunft tatsächlich nur noch sehr bedingt.

Die Mädchen vor mir albern herum. Einige tragen Tanktops, in denen spacke Trömmelchen und Oberarme stecken, die viele Lebensmittefrauen sofort zur Komplettverhüllung animieren würden. Ich schaue auf die Schaumkronen und wundere mich.

Der Kapitän wickelt gerade ein bisschen Seemannsgarn ums Mikrofon und nuschelt vermutlich zum tausendsten Mal in dieser Saison seine kleinen Geschichten über die nächste Hallige. Ich höre nicht genau hin und denke darüber nach, woran ich Selbstbewusstsein in meiner Generation eigentlich erkenne.

Menschen, die selbstbewusst sind, fallen sofort fünf Dinge ein, auf die sie sehr stolz sind. Sie sprechen in einem ruhigen Ton und erinnern andere nicht an Minni Mouse auf Speed. Sie umgeben sich weitestgehend mit Menschen, die sie großartig finden, und meiden Leute, in deren Gegenwart sie sich schlecht fühlen. Sie können herzhaft über sich selbst lachen, haben einen eigenen Stil und tragen meist Unterwäsche, Klamotten und Schuhe, die in ihnen ein begeistertes »Ja« auslösen. Sie hören selten diese Stimme der Opposition in ihrem Kopf, die flüstert, dass sie dies oder das nicht schaffen werden oder Fesseln haben wie ein Brauereipferd. Sie vertreten ruhig ihre Meinung und können in der Sache kritisiert werden, ohne fundamental an sich selbst zu zweifeln. Sie können Menschen, die sie verplanen möchten oder ungefragt bewerten, mit dem bekannten »Nein, isch möschte das nischt« in ihre Schranken weisen.

Ich beobachte, wie eine der Mädels einer Taube ein Stück Keks zuwirft.

Ehrlich gesagt, ist das Bejahen einiger dieser Punkte an vielen Tagen süße Illusion und ich bin nüchtern genug, um zu erkennen, dass eine Woche Yoga, gekochte Körner und Schweigen bis zwölf Uhr aus mir kaum eine komplett andere gemacht haben.

Trotzdem nehme ich mir vor, in Zukunft nett zu mir

zu sein und das Geplapper meines inneren Kritikers mit »Na, das ist ja interessant« durchzuwinken. Im alten Rom gab es zur Unterstützung solcher Vorhaben wahrscheinlich Sklaven, die hinter einem herliefen, einem einen Palmwedel über den Kopf hielten und raunten: »Du bist unsterblich fantastisch.« Mal sehen, ob ich bei mir zu Hause jemanden auftreiben kann, der den Job übernehmen kann, sobald die Wirkung der Yogawoche nachlässt.

Es gibt natürlich noch einen anderen Weg, das Selbstbewusstsein zu stärken: den übers Unterbewusstsein. Ich erinnere mich an eine Datei aus dem Internet, die ich aus purer Neugierde auf meinen MP3-Player herunterlud. Ihr Titel: »Lieb Dich«. Ich las den ausschlaggebenden Satz in der Beschreibung dieses Programms für innere Zufriedenheit: »Lass das Sönnchen rein«, und schlug zu.

Ich habe keine Ahnung, ob es am Sönnchen lag, aber in der Zeit, in der ich die hypnotisierende Stimme hörte, ging es mir ebenfalls bestens. Dummerweise habe ich allerdings bis heute nicht herausfinden können, was der Sprecher meinem Unterbewusstsein erzählte. Ich kam einfach nicht über die ersten fünf Minuten Zuhören hinaus, weil ich vorher bereits in einen biblisch tiefen Schlaf sank.

Der Lautsprecher knackt, die Mädels kramen eilig in ihren Rucksäcken. Ich sehe Land.

Down in the past

»Verdammt«, sagt Sabine, als wir uns ein, zwei Wochen nach meiner Yogareise in der Tapas-Bar auf ein paar *patatas bravas* und ein Glas Weißwein treffen. »Den ganzen Tag über spreche ich auf Augenhöhe mit meinen Kollegen, kläre in angenehmen Ton meine Konflikte und bin durch und durch erwachsen. Abends kommt meine Mutter bei uns vorbei, guckt auf drei Socken auf der Stuhllehne, setzt dann dieses ganz spezielle Gesicht auf und – zack – fühle ich mich wieder wie mit vierzehn.«

Es ist schon lustig. In der Lebensmitte drängelt sich die Vergangenheit zu den unpassendsten Momenten ins Rampenlicht. Sie kreischt: »Hey, vierzig Jahre Erfahrungen, Erinnerungen und Gefühle, sieh doch mal.« Bei mir meldet sie sich gern, wenn ich gerade meine Kernfamilie besuche und dort nach einem Essen die Spülmaschine nicht »richtig« einräume. Sofort bin ich wieder die Kleine mit der Zahnlücke, den Plastikkirsch-Spangen im Haar und dem rutschenden Kniestrumpf.

Wie ich Sabine also verstehe. Wir sind offensichtlich nicht die Einzigen, denen es so geht. Ganz egal, ob wir damals die Rolle »Liebkind«, »Rebellin« oder »Anwältin für die Schwachen« hatten, manchmal reicht ein Satz oder eine bestimmte Situation und schon geht es rein in die Zeitmaschine: Ein Hauch von Lou Lou von Cacharel umweht uns, wir tragen Karottenhosen und hören unsere neue Culture-Club-Maxi Karma Chamäleon und die Ansage unserer Eltern, wie unmög-lich wir sind.

Viele aus der Generation unserer Eltern gingen damals

robuster mit uns Kindern um, als wir es heute je wagen würden. Wir schrien uns als Babys die Lunge aus dem Hals? Unsere Eltern gaben das Fläschchen eben nach Stundenplan. Wir wurden drei Wochen bei einer unbekannten Tante geparkt? Sie wollten eben lieber ohne uns sehen, wie die Sonne bei Capri im Meer versinkt. Wir heulten nach Mami, aber keiner kam? Mein Gott, wie hätten sie uns hören können, wo die Party der Nachbarn doch ein Haus weiter stattfand?

Ja, trotz netter Erinnerungen an unsere Jugend kauen viele von uns auch heute noch an alten Geschichten herum. Dann zerren wir die Vergangenheit gern selbst auf die Bühne, zeigen auf sie, die sich im Scheinwerferlicht die Augen reibt, und rufen: »Ich bin so, weil sie so ist.« Einige von uns meinen dabei auch ihre Mutter.

Ich schneide nachdenklich ein Stückchen Kartoffel ab und tunke es in Aioli. »Immer diese alten Muster, oder? Sei ordentlich, diszipliniert und erfolgreich, dann haben wir dich doll lieb.«
Sabine nickt. »Meine Mutter ist heute noch so verspannt und verschlossen wie eine Auster. Man könnte ja auch Spaß miteinander haben, aber vermutlich nicht mehr in diesem Leben.«

Ich erzähle ihr von meiner Lieblingsschwiegermutter, die mir gestern bei uns auf dem Sofa wieder aus ihrer Jugend in der Großfamilie erzählte: »Nach der Flucht aus Ostpreußen musste ich ins Internat, weil es keine gute Schule in der Nähe unseres Hauses gab. Ich bin gestorben vor Heimweh, aber meine Eltern sind dennoch selten vorbeigekommen. Trotzdem haben sie uns Kinder sehr geliebt, wie alle Eltern. Eltern geben immer ihr Bestes. Manchmal ist das nicht viel. Dann können und wollen sie vielleicht auch nicht anders und das nur aus einem Grund: Sie haben es selbst nicht besser erlebt.«

Sabine bestellt noch ein Glas Wein und nickt. »Hört sich tröstlich an. Meine Oma war schon immer oberresolut. Bei der hat meine Mutter als Kind kein Bein auf die Erde gekriegt.«

Später auf dem Weg nach Hause denke ich beim Radfahren noch: Klar bin ich jetzt unter anderem das, was die Vergangenheit aus mir gemacht hat. Sicher aber auch, weil ich sie heute noch in einer bestimmten Weise deute und bewerte. Wenn meine Erinnerungen also unter Umständen nur zu einem gewissen Teil Realität sind, gibt es eigentlich auch keinen Grund zuzulassen, dass meine Vergangenheit unnötig den dicken Max markiert. Wenn ich sie in Frieden links liegen lasse, trollt sie sich auf ihren Platz. Da kann sie ja hocken bleiben und manchmal was Nettes von früher erzählen.

Als ich um die Ecke biege, sehe ich durchs Fenster Licht in unserem Wohnzimmer schimmern.

Spaß!

Auf der Suche nach Urlaubslektüre stöbere ich in unserem Bücherregal herum. Beim Blättern in einem Leinenband fällt mir ein Gedicht von Eugen Roth in die Hände. Es heißt:

Unterschied

Bekanntlich kommt das Kind im Weib
Durch das Gebären aus dem Leib.
Da aber sich das Kind im Mann
Nicht solcherart entfernen kann,
Ist es begreiflich, dass es bleibt
Und ewig in ihm lebt und leibt.

Ich denke sofort: Das kenne ich von Markus. Das Kind im Manne kümmert sich darum, dass er eine Menge Dinge mit kindlicher Freude tut. In seinem Zimmer stehen fünf Gitarren, drei davon, weil er einfach Spaß an ihrer Form hat. Er gräbt sich durch Abenteuerliteratur, weil er ja irgendwann den Atlantik mit dem Boot überqueren, die Anden mit dem Motorrad durchfahren und diverse Berge besteigen wird. Er spielt gerne Schach, Skat und eine Unzahl an anderen Spielen. Er geht auf die Jagd nach Sportausstattung oder Technik mit speziellen Funktionen und seine Augen leuchten, wie bei einem Zehnjährigen vorm Geburtstagskerzen ausblasen, wenn er die erhoffte Beute macht. Er sorgt dafür, dass er Spaß hat. Ich beneide Markus manchmal. Auch wenn ich nicht gerade ein tristes Dasein friste – er hat es definitiv besser raus, sich zu freuen.

Mit einem Stapel sinke ich in meinen schokoladenbraunen Ohrensessel und beginne ein paar passende Bücher auszusortieren.

Eine Woche später sitze ich im weißen Sand und lese »Léon und Louise«. An den Strand vor mir branden Atlantikwellen. Markus kickt mit Hanna und Lenni, lässt Lenkdrachen steigen mit Jonas und baut mit allen eine gigantische Sandmeerjungfrau mit Muscheldekor.

Ich lese, wie Louise am Steuer ihres Wagens mit Léon durch Paris braust und eine außergewöhnliche Nacht verbringt. Ab und zu blicke ich von meiner Lektüre auf und sehe gerührt nach meinen vier Kindern. Dann ruft Markus irgendwann: »Komm, mach mit, das macht Spaß!« Ich überwinde mich ein kleines bisschen und es ist, wie er sagt.

Ich bin da sicher nicht die Einzige, der es so geht. Frauen benehmen sich oft viel kontrollierter und erwachsener als Männer. Sie brauchen zum Spaß haben im Alltag einen kleinen Schubs, erzählen seltener dreckige Witze und haben den Bogen mit der kindlichen Selbstvergessenheit oft nicht so ganz raus.

Hat eigentlich jemand je vom Kind in der Frau gehört? Wo ist dieses Kind in uns eigentlich oft hin, das sich prächtig amüsiert und mal Fünfe gerade sein lässt?

Markus und ich reden später in der Hafenkneipe darüber.
»Wieso sind es immer die Frauen, die bei einer spontanen Abendaktion mit den Kindern rufen: ›Nein, das wird zu spät, morgen ist doch Schule, Florian schreibt doch Mathe und Lotte muss noch ihre Übungen machen‹?«, sagt er und macht sich über seine Moule Frites her.

Ich denke darüber nach. »Vermutlich haben wir den Eindruck, dass ohne unsere feste Hand alles aus dem Ruder läuft. Im Sinne: Ich habe jetzt Spaß und morgen baden wir dann die Folgen aus. Wenn das Kind also nicht ins Bett kommt, ist es am Morgen unausgeschlafen; wenn es nicht genug gepennt hat, wird es maulend in sein Müsli starren und später in der Mathearbeit nicht in Topform sein. Es wird möglicherweise eine schlechte Note schreiben, Mathe fortan noch doofer finden als sowieso schon und leistungsmäßig abrutschen. Familienspaß am Abend bedeutet also quasi eine akute Gefährdung des Abiturs«, sage ich, betrachte erst ihn und dann die Boote an der Mole.

Mein Mann tippt sich an die Stirn und lacht. »Ich denke, ihr habt genau im Kopf, wie es laufen muss. Die anderen Frauen sind eine Benchmark, eure Mütter eine andere, und dann vergleicht ihr euch und denkt, da ist ja wirklich noch eine Menge zu tun und keine Zeit für nette Späße. Und schon seid ihr unentspannt.« Er macht eine Pause. »Wann hat man eigentlich Spaß?«

Ich denke kurz nach: »Dinge machen mir Spaß, wenn sie gut flutschen, ich sie gut auf die Reihe kriege. Wenn ich einen Satz schreibe, der rund ist und passt, freue ich mich.«

»Wenn ich Spaß habe, denke ich an nichts anderes, sondern genieße den Moment. Ich schiele nicht darauf, was andere machen oder ob ich dabei gut aussehe.«

»Damit scheidet Beach-Volleyball im Bikini nach einem langen Winter als Spaßquelle für mich definitiv aus«, stelle ich fest. Dann fällt mir ein: »Manchmal macht mir etwas erst Spaß, wenn ich mich dazu überwunden habe. Wie letztens, als ich diese Treppenstufen mit dem Mountainbike gefahren bin, nachdem ich erst dachte, dass mich da eher jemand runter stoßen muss, als dass ich mich das traue. Und dann war's einfach nur genial.«

»Na ja, und andere Menschen spielen eine Rolle. Da ist

so ein Gefühl von Verbundenheit, wenn man zusammen Spaß hat«, sagt er und küsst mich, wie nur er es kann.

Als ich ein paar Tage nach unserer Reise in der Stadtbibliothek bin, finde ich das Kind in der Frau. In einem Buch über Frieden schließen mit dem Inneren Kind wird es beschrieben. Während das Kind im Mann bekanntermaßen noch in manchen weiterlebt und dabei verschmitzt und verspielt Menschen bezaubert, ist das Kind in der Frau offensichtlich ein Fall für die Psychologie.

Die Theorie besagt sehr vereinfacht: So erwachsen wir auch sein mögen – in jedem von uns lebt immer noch das Kind aus unserer frühen Vergangenheit. Wenn es da nicht gerade immer gold gelaufen ist oder wir es so empfunden haben, wenden wir uns als Erwachsene von dem kleinen Racker ab und tun so, als sei er Luft. Wir haben keine Lust seine Kränkungen und seinen Schmerz aus dieser Zeit noch einmal zu fühlen. Blöderweise trennen wir damit aber auch gleichzeitig seine Freude, Pionierlaune und seine Unbefangenheit von uns ab. Menschen, bei denen das so war, neigen fortan immer wieder zur Verbissenheit, anstrengendem Perfektionismus und zu Spaß bremsendem Verhalten. All das kann man bei Lebensmittefrauen, die ihre Kinder wegen jeder Kleinigkeit wie Wäsche falten, in Reinform erkennen.

Hätscheln und trösten wir unser Inneres Kind und hören ihm zu, übernehmen wir also in Liebe Verantwortung für das kleine Ich, entfalten wir unser volles Potential, auch im Spaßhaben. Ich stelle mir eine Mittvierzigerin auf dem Supermarktparkplatz vor, wie sie hinten auf dem Einkaufswagen stehend rasant zu ihrem Auto gleitet und dabei »Yippie!« brüllt, und muss lachen.

Abends erzähle ich Markus vom Inneren Kind. Er hört sich das Ganze an und sagt dann: »Das klingt gut und jetzt komm: Mein inneres Kind will mit deinem eine Runde Backgammon spielen.«

Glück, wie es im Buche steht

»Was tut dir in deinem Leben leid?« Lenni schaut mich mit prüfendem Blick an. Wir frühstücken in der Herbstmorgensonne im Garten. Gestern haben wir angefangen, ein philosophisches Buch für Kinder zu lesen. Es ist spannend, wenn auch ein bisschen kompliziert für jemanden, der noch in die Grundschule geht.

»Du meinst, ob ich bereue, irgendetwas nicht getan zu haben?«
Lenni nickt und schmiert sich Erdbeermarmelade auf einen der aufgeschnittenen Scones, die ich eben gebacken habe.
Ich überlege. »Dass ich nicht früher mit meinem Glückstagebuch angefangen habe.«

Ich glaube, zu den wichtigen Dingen, über die wir in unserem Leben und sehr verschärft in der Lebensmitte nachdenken müssen, gehört die Frage: Was macht mich glücklich? Wenn wir die nämlich über eine sehr lange Zeit ignorieren, wird Schreckliches geschehen. Wir werden irgendwann aufwachen und das Gefühl haben, wir hätten unser Leben verpasst. Wir werden unsere Kinder nonstop anmeckern, unseren Mann verlassen oder keinen finden, den wir lieben können. Wir werden zwanzig Kilo zu viel auf den Rippen haben oder Depressionen bekommen.

Unter diesen Umständen ist es elementar, herauszufinden, was uns glücklich macht. »Pah«, würden manche vielleicht sagen, »da brauche ich nicht groß drüber nachzudenken, das ist kinderleicht zu beantworten. Mich würden eine Villa auf den Malediven, ein dickes Bankkonto und ein echter

Kerl glücklich machen. Stattdessen lebe ich in einem Reihenmittelhaus, esse am Monatsende nur noch Dosenravioli und mein Horst-Detlev nervt mich schon seit unserer Hochzeit. Kein Wunder, dass ich nicht glücklich bin.«

Wie also bekommen wir es so hin, dass Wunsch und Wirklichkeit nicht Universen auseinander liegen? Vor einigen Jahren hätte ich nur sehr vage auf die Frage antworten können, was mich in meinem realen Leben glücklich macht. Mir war allerhöchstens klar, dass ich Glück in Momenten spüre, aber niemals in einem dauerhaften, Schwindel erzeugenden Jetzt-habe-ich-mein-Glück-gefunden-Gefühl.

Vor einigen Jahren gab es dann allerdings doch so eine Art Durchbruch in Sachen Glück. Ich besuchte Marion und sie erzählte mir vom Prinzip des Glückstagebuchs. Das Glückstagebuch ist eine einfache, aber erfolgreiche Methode, um herauszufinden, wie man selbst tickt und was einen zufrieden macht.

»Du meinst das schwarze Buch mit dem Band?«, fragt Lenni.
Ich nicke und er vertieft sich erst einmal in die Sportseiten der Sonntagszeitung.

Das Führen eines Glückstagebuchs ist zunächst einmal eine simple Sache und funktioniert so: Man kauft sich ein gebundenes Moleskin-Diary mit richtig viel Platz zum Schreiben für jeden Tag und einer Innentasche, in der man kleine Erinnerungsstücke wie Tickets, Liebesbriefchen, Fotos und Postkarten sammeln kann. Dazu besorgt man sich einen Stift, der sehr gut in der Hand liegt, aber keine hundert Euro kostet, da man ihn spätestens am dritten Tag verlegt hat und auf einen

Kugelschreiber minderer Qualität zurückgreifen muss.

Jeden Abend, kurz bevor man die Augen schließt, nimmt man sich sein Glückstagebuch vor. Ich nenne es »Das Gute in zweitausendirgendwas«, weil es mir weniger hochtrabend erscheint. Darin notiert man nur die wirklich tollen, herzerwärmenden, ja glücklichen Momente oder Ereignisse des Tages. Diese werden nicht ausformuliert – Stichworte wie »tollen Regenbogen gesehen«, »inniges Schmusen mit Tochter«, »interessantes Gespräch über den neuen Roman von Jonathan Franzen im Riva« oder »sehr stolz auf die Goldmedaille im Bogenschießen« reichen völlig aus.

Sofort vergessen kann man dabei übrigens, durch die Hintertür doch noch irgendwelche negativen Gefühle in den Eintrag einzuflechten. Also nichts in der Art von: »Super nach dem Pilates gefühlt, was ein Wunder war, weil ich heute Morgen so alt aussah, als käme ich nicht mal bis zum Briefkasten.«

Nach drei Wochen hat man sich an das Glückstagebuchschreiben so gewöhnt wie an den Milchkaffee zum Frühstück, den ich gerade trinke. Es kostet am Tag also keine zwei Minuten, kommen wir also keinem, am wenigsten uns selbst, mit dieser Ich-bin-nicht-so-der-Schreibtyp- oder Da-hab-ich-keine-Zeit-für-Nummer.

Und jetzt kommt es: Ziemlich bald entdeckt man ein Muster, sprich: immer wiederkehrende Typen von Einträgen. Nachdenklich sollte man werden, wenn eine Zeit und Raum greifende Konstante wie der eigene Job mit keiner Silbe im Glückstagebuch auftaucht.

Auf jeden Fall merkt man schnell, dass man diejenige

ist, die es richtig glücklich macht zu nähen, laut zu singen und mit Freunden Monopoly zu spielen oder dass man verrückt danach ist, nachts in einem kalten Bergsee zu schwimmen oder vierstöckige Torten zu backen.

Das Fantastische ist, dass dieser langweilige Spruch vom Glück, das in den kleinen Dingen liegt, wahr ist und dass man selbst am schwärzesten Tag seines Lebens noch einen guten Moment haben kann.

Während ich mir noch einen Scone nehme, erinnere ich mich beispielsweise an einen finsteren Mittwoch im Mai vor ein paar Jahren. Nach einem Regenguss gigantischen Ausmaßes stand unser Keller hüfthoch unter Wasser. Alles war zerstört und durchnässt. Playmobil-Männchen, Weinflaschen und Uniunterlagen schwammen in friedlicher Eintracht im kühlen Wasser. Wir schufteten vierundzwanzig Stunden und noch einige Tage danach, um dem Chaos Herr zu werden.

Auch an diesem Abend gab es einen Eintrag in mein Glückstagebuch: »Völlig erschöpft mit nackten Füßen im Wasser gestanden und mit unseren Nachbarn Andrea und Franz Kölsch aus der Flasche getrunken. Sehr über die rosa Gummistiefel der alten Frau Kranz gelacht.«

Selbst wenn ich später runzelig in unserer Alters-WG sitze – es wird immer Glücksmomente geben, die sich noch lohnen, aufgeschrieben zu werden.
Lenni schaut von seiner Zeitung auf: »Warum bereust du das eigentlich?«

Warum es mir leid tut, erst vor sechs Jahren mit meinem Glückstagebuch angefangen zu haben? Ich vermute, weil ich so schwarz auf weiß habe, welche Momente mich an jedem dieser Tage glücklich gemacht haben, egal wie es sonst so war. Ich überlege weiter und grinse Lenni an. »Weil ich fotografieren lästig finde, aber mich trotzdem an all die guten Sachen im Leben erinnern will.«

Epilog

Vor mir sehe ich nur noch das Hinterrad von Sabines Mountainbike, ihren schmalen Rücken und den schlammbesprenkelten Helm. Weiter vorn schießen auch Monika und Susanne den Pfad hinunter, während hoch oben die Blätter der Laubbäume in verschiedenen Rot- und Goldtönen leuchten. Wie nennt sich eigentlich der Indian Summer im Westerwald?

Der Gedanke fliegt vorbei, während ich vorneübergebeugt mit einem breiten Lachen in den Pedalen stehe und mich auf die Steine zwischen Matsch und Wurzeln unter meinen Reifen konzentriere. In meiner Nase liegt der Duft nach würzigem Laub, einem Hauch Spätsommer und einer guten Portion Herbst. In meinem Herzen schwappt Glück.

Frauenwochenende. Schon wieder ein Jahr vorüber. Während wir nun den nächsten Berg hochachsen, habe ich zwar keine Luft zum Sprechen, aber immerhin ein paar Minuten Zeit zum Nachdenken.

Wenn ich es genau nehme, habe ich in den letzten Monaten wie in der Pause eines Fußballspiels die eine für die andere Halbzeit analysiert. Wie lief's in der ersten Lebenshälfte und was heißt das für die zweite? Nun bin ich natürlich keine Spielerin der deutschen Frauennationalmannschaft, die in der Umkleidekabine eine Ansage bekommt und dann wieder rauf auf den Platz rennt, damit Deutschland Weltmeister wird. Ich muss mir schon selbst überlegen, wie es bei mir weiter gehen soll.

Damals beim Synchronmassieren und am Abend danach mit meinen Freundinnen ging mir auf, dass es dafür höchste Zeit war. Die Lebensmitte ist eine Phase, die nicht gerade mitreißend dynamisch ist, sondern eher vor sich hineiert. Sie ist dabei nicht besonders aufbauend, weil man in ihr bemerkt, dass das mit der ewigen Jugend zumindest äußerlich allmählich eine knifflige Sache wird.

Ein Reh, das gerade zwischen den Bäumen auf- und raschelnd wieder ins Dickicht abtaucht, reißt mich aus meinen Gedanken. Kurz darauf höre ich wieder nur noch unser tiefes, gleichmäßiges Schnaufen, während wir uns im kleinsten Gang den Berg hinaufarbeiten.

Meine Beine tun automatisch ihren Job. Mein Oberkörper beugt sich gen Steigung und meine Hände drücken den Lenker in Richtung Waldboden. Mann, mit Sport fühle ich mich richtig wohl in meinem Lebensmittekörper, auch wenn ich gelegentlich wehmütig an früher denke. An damals, als ich noch eine Dancing Queen war, young, slim, sweet. Das Einzige, das jetzt noch süß ist, sind die Erinnerungen. Na gut, so ist es. Selbst rational betrachtet ist es aber einfach sinnvoller, dass ich in Zukunft das Essen genieße, als mich mit schlechter Laune an drei Selleriestangen und einem Glas Mineralwasser festzuhalten. Mein bisschen Speck polstert Fältchen gnädig auf, ein paar Kurven mildern die Härme des Alters und weder Markus noch die Kinder stoßen sich so ihre Knochen an mir.

Und was macht mein Inneres? Das ist seit Neuestem besser sortiert als mein Kleiderschrank: Ich bin entschlossen auch als Dancing Queen außer Dienst noch Spaß zu haben und viele inspirierende erste Male zu erleben, selbst wenn ich mich um die fortan selbst kümmern muss und mich jemand für sie zu alt findet.

Ich will mich nicht mehr mit den falschen Leuten vergleichen und keine Extra-Runzeln vor lauter Gram um den verlorenen Schmelz meiner Jugend bekommen. Zahlen, die Falten, Konfektionsgrößen, Kilos und Jahre beschreiben, sollen mir nicht mehr die Laune verderben. Stattdessen werde ich mich mit der Yogaatmung weiter auf meine innere Mitte konzentrieren, versuchen so ehrlich wie möglich zu sein und Krisen auch mit dem Wissen überstehen, dass in meinem Leben kleine Wunder geschehen.

Ich will nur noch zu begrenzten Zeiten nörgeln und vor allem konsequent die Dinge tun, die mich glücklich machen. Auf langweilige Konventionen, von denen eigentlich keiner etwas hat außer Arbeit, werde ich pfeifen und für die innere Ordnung die äußere halten. Wenn ich mich schwach fühle und hadere, umarme ich einfach Markus, eins meiner Kinder oder eine Freundin.

Ich bin so ergriffen von meinen Plänen, dass ich nicht aufpasse. Mein Vorderrad rutscht an einer dicken Wurzel ab und ich stürze fast in den nächsten Busch. Während ich mich noch gerade so fangen kann, denke ich: Ach ja, und immer hübsch auf den Weg achten.

Bei diesem Gedanken trete ich ein letztes Mal energisch in die Pedale. Wir sind endlich oben angekommen und bleiben auf der Bergkuppe stehen. Unter uns schimmern bunte Wipfel, der Wind bläst uns ordentlich entgegen. Ich schaue meine Freundinnen an und freue mich wie ein Kind, dass wir hier sind.

»Was ist jetzt eigentlich mit dieser Lebensmitte?«, fragt Susanne, die sich offensichtlich auch gerade an unser Gespräch aus dem vergangenen Jahr erinnert.

Ich stelle mein Helmband ein wenig enger und grinse. »Von nun an geht's bergab – genießt die Fahrt!«

»Also schaut nach vorn, Schnuckis!«, ruft Susanne uns zu. Dann sausen wir auf unseren Rädern gemeinsam gen Tal.

Danke an alle, die daran geglaubt haben, dass «Dancing Queen a.D.» tanzen wird, allen voran mein Mann Ulrich, meine Kinder Jasper, Lilli und Quentin und meine wundervolle Freundin Angelika Glitz.